Der Weihnachtsmythus

Murielle Lucie Clément

Der Weihnachtsmythus

MLC

Vom selben Autor :

Crime à l'université
Lettres de Sibérie
Comment devenir proustien sans lire Proust
La fabuleuse histoire d'Amsterdam et des Pays-Bas

Editions MLC
Le Montet – 36340 Cluis

© MLC 2015
ISBN : 978-2374320151
November 2015

An meinen Freuden

Vorwort

Nach einem Opernseminar, das ich für die Inhaftierten des Gefängnisses des Departements Hauts de Seine gab, verspürte ich das dringende Bedürfnis, diese Sammlung Erzählungen zum Thema Weihnachten zu schreiben.

Wir hatten eine Woche lang *Carmen* von Bizet behandelt, und die Darlegung unserer Anstrengungen fand am Nachmittag des 24. Dezembers statt. Als wir uns verabschieden mussten, überkam mich ein deprimierendes Gefühl. Nicht nur, weil ich Menschen hinter Zäunen und Gitterstäben verlassen musste, sondern auch, weil es mir schwer fiel, die Sinnlosigkeit des Weihnachtsessens zwischen mir völlig unbekannten Leuten zu ertragen. Trotz der Wärme und des Verständnisses, das mir meine Gäste zukommen ließen, fühlte ich mich stärker mit den Menschen verbunden, mit denen ich gerade so viele Gefühle und so viel Musikerlebnisse geteilt hatte. Zu allem Überfluss berichteten die Nachrichten am Fernsehen von einer Flugzeugentführung und von einem zerstörerischen Unwetter, das Heiligabend verwüstete.

Die Rückkehr in meine Wohnung in Amsterdam wurde von einer eindringlichen Trostlosigkeit und belastenden Erinnerungen an Weihnachten geprägt. Der tiefe Abgrund kreativer Schöpfung verschlang mich plötzlich, und, nachdem ich mich in mein Schlafzimmer zurückgezogen und das Telefon abgestellt hatte, vertiefte ich mich in das Verfassen dessen, was *Dreizehn Weihnachtstage* werden sollte. Ich stellte einen Plan für zwölf Erzählungen auf. Diese entstanden in weniger als zwei Wochen, in denen ich pausenlos schrieb und von Zeit zu Zeit eine Stunde schlief, um nach dem Aufwachen den Stift wieder in die Hand zu nehmen. Als ich fertig war, zählte ich dreizehn Erzählungen. Man erspare mir, erklären zu müssen, wie ich das vollbracht habe! Ich könnte es nicht erzählen!!

Plötzlich waren sie dort, dreizehn Erzählungen, von denen jede einzelne eines dieser Weihnachtsfeste darstellt, die ich erlebt habe. Alle tragen sie diesen Kern der Wahrheit in sich, der unentbehrlich ist, um etwas ausdrücken zu können. Sie entstanden in den Windungen meiner Erinnerungen und sind eine Huldigung der Großzügigkeit der Menschen, die ich auf meinem Lebensweg begegnen durfte, ein Zeugnis ihres Kampfes um ihre Existenz. Gelungen? Misslungen? Möge er nicht umsonst gewesen sein!

Als die Sammlung fertig war, wurde die Ausdruckskraft der Erzählungen deutlich. Einige Freunde ermutigten mich, einen Herausgeber zu finden. Warum habe ich das Manuskript in fünf Sprachen übersetzen lassen? Um ein Buch daraus zu machen, das auf der ganzen Welt gleichzeitig gelesen werden kann! Denn im 21. Jahrhundert nimmt Europa Gestalt an, und wir sind es uns schuldig, dass wir miteinander kommunizieren, um eine globale Katastrophe zu verhindern, die uns droht, wenn wir dies vernachlässigen. Dafür sind Sprachen unerlässlich.

Diese Sammlung ist weit davon entfernt, die Lösung der Probleme auf der Welt zu sein.

aber sie ist ein Stein in der Brücke, die nötig ist, um den Abgrund zu überwinden, der uns voneinander trennt. Weihnachten sollte ein Fest des Teilens sein, lassen wir uns versuchen, uns daran zu erinnern.

Murielle Lucie Clément

Ave Maria

"Amen.", antwortet die Gemeinde den Priestern, die in ihre elfenbeinfarbenen Messgewänder und hochrote Röcke gehüllt sind. Artig sitzt sie in den Korbstühlen, die polierten Schuhe nebeneinander flach auf dem Boden, die Hände regungslos auf den Knien, schön aufrecht, das Kinn frisch rasiert, mit klarem Blick, die Haare glänzend, kaum atmend, und lässt ihren Blick nicht von den Augen des Bischofs abschweifen, der gekommen ist, um die Weihnachts-messe zu lesen.

"Dominus Sanctus.", sagt dieser mit dunkler Stimme auf.

"Amen.", antwortet ihm einsam eine aufmerksame Stimme.

Unzählig sind die üppigen Kerzen, die ein sanftes Licht verbreiten, das die Fresken bis in die kleinsten und schattigsten Winkel hinein streichelt. Die verblassten Rot- und Blautöne bewegen sich in schwingenden Bewegungen, in Tuniken, so groß wie die Segel einer Fregatte, aus denen graziöse und mollige Füße mit kleinen Zehen rebellisch hervorlugen. Die Gesichter der Jugend, von innerem Lächeln erleuchtet und von Haar eingerahmt, in dem es nur so wimmelt von wilden Gummibändern, zeigen ihren schmachtenden und mitleidigen Blick. "Amen", scheinen ihre zart gesäumten Korallenlippen zu flüstern. Die Goldtöne, deren Glanz sich im Halbdunkel spiegelt, lassen eine Welt voller Überfluss und Fröhlichkeit vermuten.

"Ave Maria." Eine Engelsstimme erwacht. Rein, wie sie ist, startet sie ihren Angriff auf die Bögen und wickelt sich zärtlich um die stämmigen Säulen; liebebedürftig klammert sie sich an die Weihrauchgefäße und prallt auf eine bezaubernde Art und Weise auf den kalten Marmor.

"Gratia plena." Langsam betet sie, in mystischen Silben, einen Rosenkranz. Unter dem Gewölbe, wo eine heilige Stille herrscht, klirren unaufhörlich die Einzelteile der

Kronleuchter und stimmen ihr mit ihren kristallklaren Tönen bei.

"Dominus Tecum.", moduliert die jungfräuliche Solistin. Ihr Timbre führt auf ungezwungene Weise die Wechsel der Vokale aus, von denen jeder einzelne mit äußerster Sorgfalt und Liebe ausgefeilt ist. Die Akustik wirft sie von Rundbogen zu Rundbogen bis in die Apsis zurück.

"Benedicta tu." Um sie herum greift der Chor aus vollem Halse die Gegenstimme an, während im Hauptschiff die Gläubigen kaum hörbar Psalmen flüstern.

"In mulieribus.", murmelt der Kinderchor, dessen Stimmen im Querschiff beben. Sein Leiter hat unermüdlich das Wort "Cantabile" wiederholt, während er mit einer Kreisbewegung der Arme den Takt schlug. Dieses "Cantabile" widerhallt in einem bezaubernden Tonfall wie das Plätschern von Quellwasser auf dem Moos des Waldbodens. Die Geschmeidigkeit seines Sturmes vergänglicher Koloraturen überschwemmt das Gebäude mit einer göttlichen Klarheit, die den gemeißelten Bögen in leise plätschernden Liebkosungen zu Füßen fließt.

"Et benedictus fructus", wird in einem einzigen Ton angestimmt. Er zittert vor gesuchter Richtigkeit und vereinigt die Versammlung in einer frommen Glut. Das Summen der Organe macht sich mit einer warmherzigen Frömmigkeit auf den Weg zum gekreuzigten Herrn.

Das Halbdunkel wird von einem transparenten Licht bestrahlt und dort, wo das Kreuz in seinem stechenden Glanz erstrahlt, reflektiert mit einem weitschweifenden Funkeln ein schnell wachsender und zittriger Schein. Den Kopf stützt Er auf die Schultern, und die blutigen Handflächen befinden sich weit, sehr weit vom Oberkörper entfernt, am Ende der auseinandergestreckten Arme. Mit großer Mühe trägt Er seinen verstümmelten Körper, den ein silberner Lendenschutz umhüllt. Der Erlöser kreuzt die Füße übereinander. Eine Schnur hält die Knöchel am Kreuz fest. Seine Stirn ist mit Dornen aus Diamanten gekrönt, und Er weint Smaragd- und Bluttränen.

"Ventris tui." Die Kehlen singen schmachtend ihre höchstmöglichen Töne und apellieren ein letztes Mal an die Morgendämmerung, die sich in den Kirchenfenstern abzeichnet. Eine schläfrige Turteltaube mit ganz zerzausten Federn unterstreicht mit einem diskreten Schnauben die äußerste Stille. Die Musikspiralen verschwinden unbeirrbar in einem Weihrauchnebel. "Amen."

Das gleichgültige Hin- und Herschieben der Stühle bringt die Gläubigen zurück auf den Boden. Ihre schleichenden Sohlen reiben auf dem schwarzweißen Schachbrettmuster und führen sie unerbittlich zum Portal, dessen Flügel weit geöffnet sind. Vor einem lebendigen, himmelblauen Hintergrund aus einer Mischung von Himmel und Meer bewegen sich ihre Silhouetten und werfen märchenhafte Schatten. Halb geblendet von der plötzlichen Helligkeit, verweilen sie in ihrer Festkleidung auf dem Vorplatz der Kirche. Die Frauen mit hochgesteckten und gestärkten Haaren prahlen mit ihrer funkelnden, opalartigen, elfenbeinfarbenen Kleidung; ihre Waden werden von einer Vielzahl flatternder Röcke umschmeichelt, deren Rascheln das Verlangen der Männer

anregt, die ebenfalls in weiß gekleidet sind.
Die wohlriechenden Gaben, die blassgelben
Lilien, häufen sich in den überladenen Armen
und verbinden ihren Duft mit den Kränzen aus
geflochtenen Rosen. Lacher verschmelzen,
Finger umarmen sich, Augen treffen sich, und
man verspricht sich, sich nach der Zeremonie
zu sehen. Ein Schaudern durchdringt die
Geschöpfe. Der Bischof und die Solistin
verlassen die Kirche. Sie unterhalten sich
leise. Sie drehen sich um, zögern, schreiten
noch etwas weiter. Beide bleiben einen
Augenblick lang unbeweglich und blinzeln
mit den Augenlidern in die zurückgefundene
Helligkeit. Dann begrüßt die Jungfrau das
Licht. Auf ihrem Holzpodium, das von
Männern getragen wird, und in ihrer
schönsten Kleidung schaut sie auf die Menge
herab, die fromm ein Kreuzzeichen macht.
Die regelmäßig ertönenden Trommeln
bringen einen ohrenbetäubenden Rhythmus
hervor. Unterwürfig und gleichmäßig setzt
sich die Prozession in Bewegung und geht in
die Richtung von Pelourino. Beim Erklingen
der Samba macht Maria eine Runde durch das
alte Viertel. Diejenigen, die ihr nicht folgen,
opfern ihr auf ihrem Weg Blumen, andere

werfen ihr Luftküsse zu. Alle huldigen ihr voller Respekt.

Später am Tage beherrscht die Wärme die Steine, die in Harmonie mit der großen Kiste zittern. Ein Triangel kämpft unaufhörlich gegen das starke Gewitter an, während Schlegel ausgelassen das gespannte, trockene Fell der Trommeln misshandeln. Fersen hämmern im Takt auf dem Bürgersteig, dessen abgerundete Form dem kahlen Kopf eines Neugeborenen ähnelt. Die Frauen, betäubt vom Dunst, wischen sich die Stirn ab, während sie lachen und den geputzten Lack ihrer neuen Schuhe verfluchen. Eine wagt als erste, sich von diesem Zwang zu befreien, und ihre Kameradinnen, die nackte Füße dem festlichen Schuhwerk vorziehen, folgen bald ihrem Vorbild. Schweiß steht auf jeder Stirn und umkränzt die Achseln. Noch einen Moment, dann wird die zufriedene Maria für ein Jahr in die Kühle ihres Tabernakels zurückkehren. Der Umzug spannt sich an, klammert sich fest, bestürmt die Steigung und stellt sich ruckartig zuckend auf den Treppenstufen auf, die zur Basilika führen. Nachdem die unvermeidbare Pflicht erfüllt ist, stürzen sich alle erlöst in das weit geöffnete

Schiff und strecken sich schamlos auf den Korbstühlen aus. Einige fächeln sich mit einem Gebetbuch frische Luft zu, andere klemmen sich ihre Kleidung unter den Arm, spreizen ihre Finger oder drehen sich, um sich etwas Luft zu verschaffen. Nach der erfüllten Pflicht atmen sie laut.

Maria, geschmückt mit Ketten, hat sich auf ihrem goldenen Sockel niedergelassen. Die Glocken erklingen; sie werden von einigen Freiwilligen geläutet, die an den Seilen der Glocken hängen. Die Gläubigen werden in ihren kleinen Gruppen langsam fröhlicher, machen sich auf den Weg zum Strand, ins Herz der Stadt. Viele gehen in Richtung von Mercado Modelo, dem Hafen, wo Restaurants auf sie warten. Sie werden dort ihre zinnoberroten Krabben mit Riesenbeinen schälen, werden Schweinshaxen mit braunen Bohnen und Schweineschwarten mit Safran und Reis probieren, und sie werden sich die Lippen lecken beim Anblick von Rinderfricassee mit Maniokmehl. Einige Paare finden sich zusammen. Sie haben eine ganz andere Art Appetit.

Weiße Weihnachten

Die milchige Weite erstrahlt unter einem wolkenlosen Himmel, nivelliert alle Unebenheiten der Landschaft und umgibt sie mit einer weichen Watte, die blau, an einigen Stellen rosa, widerscheint. Die Stämme der jungen Birken, die bis zum nächsten Abholzen verschont geblieben sind, verschwinden beim Anblick und verschmelzen mit der Umgebung. Was die alten Bäume betrifft, die einzeln verkauft werden und in einander kreuzenden Reihen aufeinander gestapelt sind, so bilden sie unbefleckte Hügel, auf deren Spitze sich nur Elstern und Krähen vorwagen.

Micha hat seinen Rücken dem Wald zugewandt und genießt diese winterliche Vision, diese wilde Reinheit, die Bände spricht. Die stillstehende Luft umgibt ihn mit einer Blase aus flüssigem Glas, die sich ganz seinen Bewegungen anpaßt, und durch die man den weiten Horizont erspähen kann, dort, wo sich von Zeit zu Zeit die unsichere Silhouette einer Herde weißer Hirsche abzeichnet.

"Dort, dort!", singt Micha halblaut vor sich hin.

Rechts von ihm springt, ahnungslos von seiner Anwesenheit, ein silberfarbener Fuchs unversehens auf. Mit seinem buschigen Schwanz stürzt er sich in einen Tunnel im Schnee. Micha wünscht ihm dort unten eine gute Jagd. Er weiß, dass diese Zeit sehr hart ist für alle Bewohner des Waldes.

Nachdem er den Himmel bis ins Detail erforscht hat, ist er sich sicher, dass das sich nun beruhigte Gewitter frühestens in einigen Tagen zurückkommen wird. Die Temperatur hingegen wird noch ein paar Grad sinken. Sein Atem wird seine Lungen lenken, er wird fühlen, wie seine Augen an den Lidern reiben, und er wird kein einziges unnötiges Wort über seine Lippen bringen. Er wird sparsam sein mit seinen Bewegungen, indem er gewissenhaft seine Bemühungen messen wird. Jede nicht durchdachte Geste könnte fatal sein. Micha seufzt. Er geht wieder weiter.

Sein Schlitten, der mit Holzscheiten beladen ist, folgt ihm. Der malvenfarbige Schnee reflektiert die orangenen Strahlen der Sonne, die nicht untergehen wird. Auf dem Weg hebt er einige Fallen auf und schiebt seine gefrorene Beute tief in seine Tasche.

Hunderte, vielleicht Tausende von Menschen, patschen in dem vereisten Schlamm am Eingang der Baracke herum. Der Boden ähnelt einem matschigen Feld nach dem Tau. Kein einziger Laut, kein einziges Wort erhebt sich aus der in Lumpen gekleideten Menge. Geduldig und still wartend halten die Körper mit fahlen Gesichtern und mit vor Spannung aufgerissenen Augen ihre Ohren hin, um die Stille festzuhalten. In einer disziplinierten Hoffnung, von einer Portion Hypothetischem gestärkt, haben sie sich in einer gekrümmten, breiten und stampfenden Reihe aufgestellt. Als die Tür endlich geöffnet wird, bewegt ein leichtes Rauschen die abgemagerten Männer und Frauen. Dar Anblick des Kommandanten flößt ihnen ein flüchtiges, unkontrollierbares Zucken ein. Angst oder Hoffnung? Niemand kann dies mit Sicherheit sagen.

Die Augen eines Gesichts, das von Hals und Wolfsmütze festgehalten wird, fixieren die Menschenmasse, ohne sie zu sehen. Mit einem misstrauischen Lächeln, das in den Mundwinkeln ausbricht, hacken seine goldenen Schneidezähne die weissagende Botschaft in Stücke.

"Kein Proviant! Weder heute noch morgen."

Die Worte fliegen heraus und streifen die unterernährten Körper. Die Spannung, die bei der Ankunft des Offiziers ihren höchsten Grad erreicht hatte, entweicht aus der Menge. Ein langer Seufzer der Entmutigung beraubt sie jeglichen Gefühls. Wie ein geplatzter Ballon. Sie werden Weihnachten fasten.

Zwischenzeitlich pustet Micha am Rande des Lagers, in einem vor Wild und aufmerksamen Blicken geschützten Winkel, in ein Feuer. Über glühenden, von den Flammen geröteten Kohlen, brät auf einem kleinen Spieß aus Stahl langsam eine gehäutete Ratte.

Der Weihnachtsbaum

Das Wetter, das im Inneren der Wolken auf der Lauer liegt, wartet auf ein Anzeichen, das ihm erlaubt, sich zu offenbaren. Es passt die leichte Brise ab, bereit zum Angriff mit einem Platzregen, wenn sie sich zur Ruhe setzen wird. Geschützt von den Fenstern des Wohnzimmers wartet Bernadette, die in der Nähe des Herdes beschäftigt ist, ungeduldig auf ihren jüngsten Sohn Sylvain. Heute bringt er seine neue Freundin zum Weihnachtsessen mit. Bernadette wäre es lieber gewesen, wenn er an Heiligabend in ihrer Nähe gewesen wäre. Sie hat jedoch verstanden, dass die einzige Möglichkeit, sich nicht völlig abzusondern, darin bestand, ihn loszulassen. Gestern musste sie sich zum ersten Mal seit der Geburt ihrer Söhne mit der Anwesenheit ihres ältesten Sohnes zufrieden geben. Obwohl sie es sich nicht hat anmerken lassen, ist ihr die Trennung schwergefallen. Umso mehr ist sie gegenüber ihrer Schwiegertochter, einer Polin, die offensichtlich Olivier für sich beansprucht hat, um die Probleme mit ihrem Visum loszuwerden, immer verpflichtet, die Fassung zu behalten. Es ist deutlich, dass es, wenn Alionas Papiere in Ordnung gewesen wären, keine Hochzeit gegeben hätte. Und keine Schwiegermutter für Olivier. Wenigstens nicht sofort, nicht offiziell. Sie, Bernadette, hätte Begegnungen mit diesem unfreundlichen, abstoßenden Frauenzimmer, mit dem sie nicht drei Worte wechseln kann, vermeiden können.

Jedenfalls ist Alionas Mutter unausstehlich. Sie hört nicht auf, ihre Tochter zu kritisieren, sie zu entmutigen, und das Schlimmste sind ihre unfreundlichen Bemerkungen gegenüber Olivier, wobei Aliona sich bemüht, ihm diese Bemerkungen gänzlich und ohne Fehler zu übersetzen. Natürlich, es ist wahr, dass Olivier etwas planlos ist. Er ist Jazzmusiker; für Künstler kann das Leben schwierig sein. Sie glaubt jedoch, dass er Talent hat. Schon in jungen Jahren hat sie ihn immer unterstützt. Sie ist sich sicher, dass er irgendwann einmal den Durchbruch schaffen und sehr gut fähig sein wird, auf eigenen Beinen zu stehen. Pavla, Alionas Mutter, wirft ihm vor, den

ganzen Morgen im Bett zu bleiben.
Bernadette hat ihr wohl, mit Hilfe von Aliona,
die sich als unentbehrliche Übersetzerin
erweist, versucht zu erklären, dass er schon
immer so war. Bereits als Kind schlief er bis
Mittag und wurde erst am späten Nachmittag
aktiv. Pavlas Meinung nach soll es sich um
einen Mangel an Disziplin handeln, an
Eigenschaften eines menschlichen Wesens,
das willig seiner Persönlichkeitsbildung
nachgeben muss. Für Bernadette steht fest:
diese Theorie basiert auf dem Ancien Régime.
Weitgehende Diskussionen zu diesem Thema
konnten jedoch bisher verhindert werden, da
sie kein Wort Polnisch spricht, und Pavla nur
sehr schwach die französische Sprache
beherrscht.

Wie einstudiert, ordnet Bernadette die kleinen
Hölzer und Scheite abwechselnd an.
Gewöhnlich nimmt Sébastien das Anzünden
des Kaminfeuers auf sich, aber im Augenblick
holt er seine Mutter ab, die ebenfalls am
Festessen teilnehmen wird. Es ist nicht gerade
so, dass Bernadette diese alte Dame schätzt,
aber weil man sie eben von Zeit zu Zeit
einladen muss, so sei es heute abend. Dann
hat sie es hinter sich.

Bernadette lächelt, als sie an ihren Mann denkt. Sie mag die Art und Weise, wie er ihr sagt, dass sie die Sachen verkehrt angeht, dass die Flammen so niemals größer werden. In zwanzig Jahren Ehe hat sich ihre Partnerschaft solide aufgebaut, Rituale ohne Falschheit haben sich eingefahren, und zärtliche Meinungsverschiedenheiten bilden die unveränderlichen Scharniere ihres Glücks. Als sie durch das Zimmer schreitet, schindet sie mit ihrem Blick den jungen Tannenbaum am Ende des Tisches, der ein Geschenk von Alionas Mutter ist. Es wäre gegen die Regeln der Höflichkeit gewesen, dieses Geschenk nicht anzunehmen, und sie konnte auch nicht gegen die Regeln der Gastfreundschaft verstoßen. Jedoch fühlt sie, dass diese Frau sich geschickt in ihre Privatsphäre mischt; sie bringt es sogar so weit, einen Weihnachtsbaum aus Polen mitzubringen! Welch ein lächerliches Symbol für den Eintritt in ihre Familie! Voller unsichtbarer Wut hat Bernadette einen drei Meter hohen Weihnachtsbaum gekauft. Schade, dass die Spitze abgesägt werden musste! Sie und niemand anders ist die Herrin des Hauses. Die

Tatsache, dass Pavla Olivier "mein Sohn" nennt, wird daran nichts ändern!

Sie hat ihre beiden Söhne dazu gebracht, den Baum zu schmücken. Eine Tatsache, die sie bei Unterhaltungen zu Tische verschiedene Male schlau hervorgebracht hat. Darauf konnte Pavla schwierig etwas erwidern, vor allem, wenn Aliona aus Versehen ihre Pflichten als Dolmetscherin vernachlässigte.

Bernadette hätte es gerne gesehen, wenn ihre Söhne klein geblieben wären oder aber gewachsen wären, ohne ihr Bräute oder Schwiegermütter mitzubringen. Sie hätten ihr einen Weihnachtsbaum geschmückt. Einen einzigen. Sie hätten Heiligabend mit Bernadettes Freunden gefeiert statt Gott weiß, wo. Künftig werden sie an Feiertagen nicht mehr da sein, werden sie mit der Einsamkeit konfrontieren, die das Schicksal alter Paare ist. Sie werden in der Begleitung unerträglicher Fremder kommen, die man in seiner Zeiteinteilung berücksichtigen muss.

Ein starker Windstoß setzt sich im Zimmer zur Ruhe, als Sylvain und Sabrina ankommen. Bernadette umarmt sie warmherzig und drückt sie ans Herz wie Kriegsgefangene, die vom feindlichen Lager zurückkommen. Sabrina hat sich überhaupt keine Mühe gegeben, gut auszusehen. Eine schwarze, an den Knien zerrissene Hose, die sie zur Schule trägt, ein Sporttrikot mit einer undefinierbaren Form und ein fleckiges Make-up an den Augen, die halb verdeckt werden von streitsüchtigen, ungewissen Haarlöckchen. Aber was Bernadette am meisten ärgert, sind die kastanienbraunen, schmutzigen Militärstiefel, die hochmütig und gut sichtbar auf dem Blumenteppich abgestellt werden; so zeigen sie einen Mangel an Eleganz und eine gewisse Provokation an. Sie hat den Eindruck, dass ihre Zehen von dem großen Schuhwerk des jungen Mädchens zerquetscht werden.

Sie bietet einen Aperitif an, um die Missbilligung, die sich einen Weg bis zu ihren Lippen bahnt, zu verjagen, zu verdrängen. Sie lässt die Wahl zwischen Kir mit Heidelbeersirup und Champagner und bringt Gläser und Häppchen. Aufgeheitert und gekonnt spielt sie eine Komödie und setzt sich wieder hin, nachdem sie die Neuankömmlinge bewirtet hat. Sie akzeptiert die Situation und vermeidet, die Stiefel anzuschauen.

"Ihr Tannenbaum ist fürchterlich. So schmückt man den doch nicht. Es hängen Kugeln in allen Farben daran, und die Girlanden baumeln herunter. Bei uns hängen wir nur weiße daran, die ordentlich um den Weihnachtsbaum angeordnet werden, und ein paar Kugeln, aber dann im gleichen Farbton. Und außerdem haben sie noch nicht einmal elektrische Kerzen, das ist wirklich traurig."
Bernadette ist zu bestürzt, um mit etwas anderem als einem schwachen "Ah!" zu antworten. Ermutigt vom deutlichen Schweigen ihrer Gesprächspartner, beginnt Sabrina wieder in einem eindringlichen Ton:
"Ja, und ihre Girlanden sind wirklich hässlich, völlig zerrissen. Schauen sie sich die Dinger mal an, da in der Ecke, was ist denn das? Watte? Schneemänner? Sie sind alt, zerlumpt und verfärbt. Die kann man doch nicht mehr benutzen. Außerdem haben sie zwei Tannenbäume. Man muss ja meinen, sie hätten die Kiste mit Dekorationsmaterial über den Baum gekippt, wie man es mit einem Mülleimer machen würde. Ganz ohne Liebe gemacht."

Bevor Bernadette den strengen Einwand hervorbringen kann, der ihr in den Sinn kommt, und bevor sie das Mädchen unhöflich anschnauzen und auf den Boden der Tatsachen zurückbringen kann, fährt Sébastien äußerst angemessen dazwischen. Diplomatisch schiebt er seine Mutter vor sich her und lässt sie in den Salon eintreten. Niemals zuvor ist Bernadette so glücklich gewesen über das Erscheinen seiner Schwiegermutter.

Die rote Festung

Georges hebt den Kopf. Oben am Himmel wirbeln die Raubvögel über der Stadt und warten aufmerksam auf das geringste Anzeichen, das ihnen eine einfache Beute, eine mögliche Nahrungsquelle, angibt. Ihre Anwesenheit veranschaulicht eine unentschlossene Bedrohung, die jeden seiner Schritte erschwert.

Als er am Flughafen ankam, wurde all sein Wissen über die Welt, alles was er glaubte, zu wissen, von der relativen Wirklichkeit des Augenblicks überspült. Sogar der Bus, der ihn über den überhitzten Teer hin- und herschwankte, beeinflusste seine Haltung. Er hatte ihm die Bezeichnung Bus gegeben, aber das Fahrzeug war ein anderes. Es hatte schon vier Räder und eine Karosserie, ein Lenkrad und vielleicht einen Motor, um es anzutreiben, aber dort hörte die Analogie auf. "Welcome to Delhi, International Arrivals"

"Welcome to Delhi", in einladenden Großbuchstaben geschrieben, kontrastierte erstaunlich mit dem zweiten Teil des Schriftzugs und schaffte einen offensichtlichen Unterschied.

"International Arrivals". So oft schon hatte er dies in allen Ecken und Enden der Welt lesen können, aber diese Umgebung war für ihn kaum zu erfassen! Die Wellblechdächer überraschten ihn mit einem aufschlussreichen Anachronismus, der aus Unachtsamkeit dort, im ockergelben Staub, wie angewurzelt vor ihm stand. Zwei oder drei Stunden waren seit dem Augenblick verstrichen, in dem er in das Gebäude hatte vordringen können, und dem Moment, in dem er dort wieder heraus gekommen war. Jedoch musste er keine einzige ungewöhnliche Formalität erledigen. Man hatte ihn gebeten, seinen Ausweis zu hinterlassen und hatte zwei oder drei Stempel ausgestellt, nachdem er angeführt hatte, nichts zu deklarieren zu haben. Der Prozess war in allen Hinsichten zu vergleichen mit dem auf den Flughäfen Charles de Gaulle, Leonardo da Vinci oder Heathrow. Nur das langsame Tempo des Prozesses war überraschend. Seine erste Konfrontation mit der trägen

Geschwindigkeit, welche die Stadt regierte, hatte stattgefunden.

Zurückgekehrt in die freie Welt, empfand er ein unbeschreibliches, verwirrendes Gefühl, eine ungesättigte Neugierde, die in überkam Dezember! Er hatte den Schnee und das Eis, die Pelzmäntel und die Stiefel hinter sich gelassen. Es grüßten ihn Sonne, kurze Ärmel, blühende Bäume und Sonnenbräune, ungewohnte Anblicke, die ihn in diesem erbarmungslosem Klimaunterschied in einen vergänglichen Zustand außerhalb der Zeit versetzten. Ob er ein Taxi oder ein Rikscha wählen würde, um zu seiner Adresse zu kommen, er konnte doch nicht um den Anblick der abgemagerten Hunde auf der Suche nach stinkenden Resten umhin kommen. Vor allem musste er sich allerlei korrupten Ritualen hingeben. Das unglaubliche Dilemma des Kulturunter-schiedes ergriff ihn. Die Bettler waren ebenso anwesend. Frauen, in Saris in staubigen Farben gehüllt, die ihre Kurven in dezenten Formen nachzeichneten, Männer in alten Lumpen, von denen man nicht sagen konnte, ob es sich um Shorts oder Röcke handelte. Aber er hätte sich denken können, dass alle, ohne Ausnahme, die Hand für ein paar Almosen hinhielten, die er ihnen noch nicht geben konnte, solange er noch in den Zwängen seiner Pariser Gewohnheiten steckte. In Eile, immer in Eile, zu viel Zeit verloren beim Zoll! Schnell, schnell! Sich in ein Auto flüchten, einen Straßennamen nennen, sich in seine Gedanken einschließen. Er hatte jedoch die Zeit gehabt, die scharlachrot blühenden Hecken zu bemerken. Das war drei Tage her. Eine Ewigkeit.

Er war den ganzen Morgen auf- und abgewandert und ließ sich nun im Rikscha zur Lal Qila, der roten Festung, fahren. Gestern nachmittag hatte er das Grab Ghandis besucht und war vom schwarzen, glattpolierten Marmor geblendet worden, der mit gelben und orangefarbenen indischen Nelken bedeckt war. Die meisten Menschen prahlten mit großen Girlanden aus echten Blumen um den Hals, die auf ihren makellosen, einwandfrei gebügelten und gestärkten Gewändern aus Baumwolle ein Glitzern hinterließen. Die Männer prägten ihre Unterhaltungen mit unterstreichenden Gesten, liefen in Gruppen um das Mausoleum und plauderten über die Börsenkurse. Junge Mädchen picknickten lachend, öffneten ihre Körbe, schrien ihre Vorlieben hinaus und gerieten über den aufgetürmten Proviant, eingewickelt in verschiedenfarbige Tücher, in Ekstase.

Die rosa Mauern der Festung auf der Avenue veranschaulichen die Rechtschaffenheit seiner Bezeichnung. Nach einem Slalom zwischen den Besuchern und den Erdnussverkäufern hindurch setzt der Fahrer Georges am Haupteingang ab. Er sieht ganze Familien, die am Fuße der Befestigungsmauer sitzen. Der Macadam ist ihr Zuhause, ein Stück Decke als einzige Einrichtung. Ihr ganzes Leben, das mehrere Generationen vereinigt, beschränkt sich auf einige Quadratmeter. Die warme Luft ist ihr einziges Gut. Ein Dasein ohne Unterkunft bedeutet hier, auf der Straße geboren zu werden, dort zu leben und zu sterben. Auf dem Trottoir kocht man, schläft man und treibt man Unzucht. Alle kleinen und großen Episoden des Alltags spielen sich im Blickfeld und mit Wissen anderer ab. Privatsphäre ist eine andere Sache, genauso wie der Respekt der Menschenwürde.

Schon seit einer Ewigkeit beherbergt die Festung keine Schätze mehr und sind die

Meisterwerke wegen der wiederholten
Plünderungen durch Diebesbanden,
wechselnder Regierungen und britischer
Kolonisten verschwunden. Zwischen den
schmutzigen Ruinen kann sich Georges
jedoch noch die vergangenen Prachten
vorstellen, die sich unter den Resten
abzeichnen. Er lässt sich von der Atmosphäre
der Erinnerungen an Reichtum, die vom
Anblick des heutigen Elends gemildert
werden, mitreissen. Er besorgt sich einen
Strauß Pfauenfedern, dessen Schimmern den
Schmuck der verschwundenen Maharadscha
suggeriert. Als er außerhalb der Ringmauer
angelangt ist, flaniert er durch das alte Viertel.

Je näher er an Jama Mashid, die große
Moschee, herankommt, desto unmöglicher
wird es, Luft zu bekommen. Er schreitet
weiter. Seine Nasenflügel werden vom
strengen Geruch von Schafen, Urin und
Defäkation gequält, und er wird geblendet von
dem Spektakel der Sterbenden. Er steigt über
den Weg aus hellem Sand, wo sich die
Leichen im Nichts verbinden werden.

Ein nackter Mann, ein Wrack, das am Ufer
des Lebens gescheitert ist, erstarrt. Ein

abstoßendes Knurren hebt seinen Bauch in
ruckartigen Zuckungen an, seine Lippen
verkrampfen sich vor Schmerzen, und seine
Augen verzerren sich unter seinen
geschlossenen, aus höchstem Schamgefühl
gesenkten Lidern. Sein fauliger Atem lädt den
Tod zur Umarmung ein. Georges kann seinen
Blick nicht vom Anblick dieses Mannes
abwenden. Gegen die Sonne, die sein Gesicht
überflutet, über das niemals mehr
Schweißperlen laufen werden, kann dieser ihr
schon nicht mehr sehen.

Die glühenden, im Saphir ertränkten Ströme
lassen den Schauplatz mit ihren hochmütigen
und herrischen Strahlen zu Eis erstarren. Die
teilnahmslose Menge fixiert den Horizont und
geht gleichgültig dazu über, die
Eingeschlafenen zu berühren. Einige
interessierte Schaulustige bemühen sich etwas
weiter entfernt, einen Sterbenden zu studieren,
der ausgestreckt im schwächlichen Schatten
eines Eukalyptusbaumes liegt. Georges tritt
aus seiner Verblüffung heraus. Um ihn herum
erinnert nichts mehr an den Tag der Geburt
Christi.

Flug 7.45

Jean-Claude zieht seinen Mantel aus und stopft ihn in die Gepäckablage, die der Nummer seines Platzes entspricht. Er setzt sich, legt seinen Gurt an und faltet seine Zeitung auseinander. Endlich kann er sich entspannen. Der Wettlauf mit der Zeit ist gewonnen; er wird Heiligabend mit seiner Familie verbringen. Er hat sich geschworen, die vier Tage Erholung, die vor ihm liegen, voll und ganz Hélène und den Kindern zu widmen. Ein winziger, mit zwergenhaften, rötlich schimmernden und goldbraunen Zapfen geschmückter Weihnachtsbaum erinnert daran, dass es Weihnachten ist. Eine dicke und blonde, in ihren Nerzmantel gehüllte Dame taucht plötzlich auf dem Mittelgang auf. Ihre hohe Stimme schreit missbilligend etwas in die Leere. Die aufgedunsenen Hände vollführen mit einer überschwenglichen Gelenkigkeit eine Drehung, die ihr Geplauder mit irrsinnigen Gesten unterstreicht, markiert vom schnellen

Aufblitzen ihrer Ringe. Die Stewardess hat so etwas schon öfter gesehen und regt sich nicht auf. Ihr unbewegtes Servicelächeln klebt auf ihrem gefälligen Gesicht, und sie hört ihr aufmerksam zu. Vor allem niemals den Passagieren widersprechen. Jean-Claude kann nicht umhin, dieses Gesicht anzuschauen, das er glaubt, zu kennen.

Die Augen sind mit dick getuschten, falschen Wimpern überladen und mit großzügig verteiltem Lidschatten, wie bei einer Ägypterin, glaubt sie, dass ihre Augen größer wirken. Sie dehnen sich aus bis zu den Schläfen, die von den zurückgesteckten Haaren befreit sind. Im Nacken sind diese zu einem schweren Knoten, der, so scheint es, bei der Stirn beginnt, zusam-mengesteckt. Ein mit Diamanten übersäter Schildplattkamm verrät andalusische Abstammung. Die Backenknochen treten unter dem Rouge hervor. Die purpurfarbenen Lippen artikulieren übertrieben und massieren würdevoll und beharrlich ihre Zähne.
"Aber nein, Fräulein, es muss sich um einen Irrtum handeln. Ich rauche nicht."
Die junge Frau wiederholt, ohne den Anschein einer Verärgerung, dass sich der

Platz der Dame im Nichtraucherteil befinde, auch, wenn dort Aschenbecher vorhanden seien.

"Übrigens ist der Herr der einzige Passagier.", sagt sie, während sie Jean-Claude ein liebenswertes Kopfnicken andeutet.

Beruhigt und nach einer bestätigenden Geste für die imaginäre Umgebung, ist der Nachzügler damit einverstanden, seinen Pelz abzulegen. Die junge Dame, die noch immer lächelt, hilft ihm dabei.

Der Grund für das Hin und Her bleibt für Jean-Claude, der sich wieder in seinen Artikel vertieft, undeutlich. Wie gewöhnlich, fühlt er beim Nähern des Abhebens diese leere Stelle in seinen Gedanken und diese Einöde in der Magenhöhle. Die imposante Anzahl Flüge, die er schon hinter sich hat, ändert daran nichts.

Die Motoren starten und brummen mit einer Schrillheit, die bis in die Kabine hörbar ist. Die Startbahn zieht schneller unter dem Flügel vorbei, sein Rücken drückt sich stärker gegen die Lehne, und er hört einen Augenblick auf zu lesen, um zu spüren, wie die Maschine in dem Moment abhebt, in dem sich seine Oberschenkelknochen lockern. Die Räder verlassen den Boden. Das Aufsteigen der Maschine beginnt. Er weiß, dass er erst dann Ruhe haben wird, wenn die richtige Höhe erreicht ist. Bis dahin wird ihn eine Art fiebrige Benommenheit, die ihn schon jetzt heimgesucht hat, nicht mehr verlassen.

Eine plötzliche Entspannung, die seine Muskeln durchdringt, macht ihm deutlich, dass sie auf der erforderlichen Höhe angelangt sind. Instinktiv beginnt er wieder zu lesen und sucht mit seinen Augen in den Zeilen mit gedruckten Buchstaben den Faden der Geschichte. Er nimmt ein Glas Champagner an, das ihm auf eine graziöse Art angeboten wird, aber lehnt höflich die Platte mit Snacks, die verlockend sein sollen, ab. Er mag keinen Kaviar. Egal, ob rot oder schwarz, er erträgt diesen körnigen Fischgeschmack nicht.

Das Geplauder der blonden Dame dringt von Weitem zu ihm durch. Er sieht nicht, sondern er fühlt den Steward seine Zeitung zusammenfalten und seine Beine mit einer leichten Decke zudecken.

Ein Heulen weckt ihn auf. Vor ihm richtet ein Unbekannter einen Revolver auf ihn und befiehlt ihm, aufzustehen. Überstürzt fügt er sich. Der Fremde tastet ihn ab, streckt die Hand unter seinen Sitz und drückt ihn brutal auf seinen Platz zurück. Die platinblonde Passagierin ist verschwunden. Ein zweiter bewaffneter Mann kommt aus der Kabine heraus, die zum Cockpit führt. In dem Moment sieht er, einige Sitzreihen weiter, den zusammengesunkenen Körper seiner Nachbarin. Der Nacken, aus dem Haarspiralen zuckend entweichen, deutet an, dass sich das Unumkehrbare noch nicht ereignet hat.

Der neue Ankömmling wechselt mit dem Mann, der ihn gerade durchsucht hat, in einer holprigen Sprache mit einer gutturalen Aussprache Wörter aus, deren Sinn er nicht erfassen kann. Ein dritter Komplize zieht den Vorhang auf und platzt hinein. Er kommt aus dem Abschnitt der Touristenklasse. Wieviele sind es also? Ein Tuscheln gruppiert sie außerhalb seines Blickfeldes. Er würde es vorziehen, die Augen zu schließen, aber er hält sie trotz allem offen.

Mit gespitzten Ohren schnappt er unverständliche Gesprächsfetzen auf. Ist es ein gutes oder ein schlechtes Zeichen, dass er sich immer noch an derselben Stelle befindet? Er versucht, die Situation zu analysieren, aber es fehlen ihm Anzeichen. Er verflucht sich, weil er niemals einen offiziellen Bericht von einer Flugzeugentführung gelesen hat. Denn die Offensichtlichkeit spricht für sich. Sie sind die Opfer einer Terroristen- oder Gangstergruppe. Heimlich schaut er auf das Zifferblatt seiner Uhr. Vor einer halben Stunde hätten sie die Landung auf dem Flughafen Charles de Gaulle beginnen müssen. Keine Ahnung, wo sie sich nun befinden. Keine Uhr braucht er, sondern einen Kompass. Die Sicht der Wolken, vervollkommnet von den Sonnenstrahlen, helfen ihm nicht, die Breitengrade zu bestimmen, und noch weniger die Höhe, die in jedem Fall noch zu hoch ist, um eine baldige Landung anzukündigen. Vom Stand der Sonne leitet er ab, dass sich die Richtung nicht geändert hat. Die Maschine geht in eine Schleife nach links über, ohne an Geschwindigkeit zu verlieren. Die Kabine vibriert schwerfällig. Sollte sich ein anderer Pilot am Steuer befinden? Die Tür des hintersten Teils wird geöffnet. Mit ihren Handgelenken auf dem Rücken zusammengebunden und von der Spitze eines Revolvers geschoben, schreiten die Flugbegleiterin und der Steward zwischen den Sitzreihen entlang. Dies ist der Moment, den die Dame im Pelz auswählt, um sich mühsam zu erheben. Sie stößt beim Anblick der gerichteten Waffe ein dumpfes Brummen aus und begibt sich schwankend in Richtung der schwarzen Öffnung. Ein Gebrüll in englischer Sprache unterbricht nicht ihren Vormarsch. Sie nähert sich der Gruppe am anderen Ende, während sie sich mit beiden Händen festklammert. Mit einer Geste, die den Befehl verstärkt, befiehlt jemand ihr, stehenzubleiben.

Sie, mit ihrem verkrampften Wangenknochen, die mit rotem Speichel beschmutzt sind, mit ihren grauen Schläfen, die vom schwarzem Püree gestreift sind, sieht ihn nicht mehr, ihn und seine tödliche Waffe. Sie hat die Grenzen des Verstandes überschritten. Ihr Geist irrt in den Gegenden herum, wo kein einziges Wort ihn mehr erreichen kann.

Jean-Claude kann seinen Blick nicht mehr von der Szene loslassen. Seine Nasenlöcher blähen sich auf, und er atmet durch die Zähne, die bereit sind, sich gegenseitig zu zerstören. Die Grausamkeit eines ebenso unbekannten wie vertrauten Szenarios spielt sich vor seinen Augen ab, ohne dass er daran auch nur das geringste Detail ändern kann. In seinem Kopf erschallen das Geräusch des springenden Korkens einer Champagnerflasche und das tierische Heulen der blonden Dame gleichzeitig.

Mit dem vom Zähnefletschen einer erbarmungslosen Bestie verformten Gesicht hat sie sich mit einem Satz auf das runde Auge, das sie fixierte, gestürzt. Die wütende Flamme stößt einen zerstörerischen Kern aus und beantwortet ihr mit voller Wucht das Vergehen. Der Knoten zerfällt in Strähnen, und er bricht schwerfällig und leise auf den weichen Schultern zusammen. Die Zeit zersetzt sich in kleine und transparente Blasen, die sich langsam im Raum des Todes drängeln. Sie ziehen weite Kreise und überwältigen die Stille, um kurz in einer Momentaufnahme des Schreckens zu verharren. Unmerklich werden sie zu einer roten Blume mit schamhaften Blättern, welche die große, albasterne und faltige Stirn zinnoberrot pudern. Beim Klang des Sturzes explodieren sie wütend und verschwinden rasch in den Spalten der Ewigkeit.

Stumm steigen die Flugbegleiterin und der Steward über die Leiche und verschwinden im Cockpit. Jean-Claude realisiert bestürzt, dass er die dicke Dame nicht mehr jammern und heulen hören wird. Ihr auf dem kobaltblauen Farbton im Schachbrettmuster des Teppichs gestrandeter Leichnam spricht für sich. Das Schlimmste befindet sich vor ihm.

Der Mörder kommt alleine zurück und hält das Metall, ohne ein Wort zu sagen, gegen die Schläfe des erstarrten Jean-Claude, der das Unabwendbare spürt. Ein purpurfarbener Apfel macht sich vom Baum los, rollt an seine Füße und wird vom Rand seiner Schuhe aufgehalten. Jean-Claude ist perplex, schaut ihn dumm an und schielt wie benommen und erstaunt von dem schillernden Farbton, der von der altgoldenen Marmorierung noch verstärkt wird, nach seinem Glanz auf der runden Form. Er atmet entmutigt aus. Noch ein Weihnachtsfest, das er nicht bei Hélène und den Kindern feiern kann.

Der 24. Dezember

Ich sehe ihre Köpfe an der
Ligusterhecke entlang gehen. Mein Onkel
weist ihnen stramm den Weg. Meine Tante,
ein guter Soldat, folgt im. Für einen kurzen
Augenblick versperrt mir der Pfeiler des
Portals die Sicht. Ich reiße die Pupillen auf,
um die Bewegung des sich drehenden
Türgriffs, der ein sicherer Beweis ihrer
Ankunft ist, zu packen; Fremde würden am
Glöckchen läuten. Nur die Verwandten öffnen
so zwanglos die Tür. Diese steht zunächst ein
Stück auf, schiebt dann die Schneeschicht
weg, und wird schließlich weit geöffnet. Sie
umrahmt das erwartete Paar. Mein Onkel
Victor und meine Tante Lucette werden
schließlich vollständig für mich sichtbar.

Ich ignoriere die Befehle meiner Mutter, mich
warm anzuziehen, bevor ich hinausgehe, und
renne zu ihnen. Sie mag ich am liebsten.
Niemals würden sie mich als kleines Mädchen

behandeln und sagen: "Bist du groß geworden!" oder "Was macht denn die Schule?". Nein, sie sehen mich als gleichwertig an, und wir führen richtige Gespräche. Schneeflocken schwirren durch die kalte Nacht und kitzeln mir mit ihren eisigen Küssen die Wangen.

"Komm schnell rein, du wirst dich erkälten.", erklärt mein Onkel, während er mich umarmt. Ich streichle den granatfarbenen Mantel meiner Tante. Er ist genauso weich wie sie.

"Und, sieht das Essen gut aus?"
Meine Tante bricht in Gelächter aus, nachdem sie mir ein paar Küsse auf die Stirn gedrückt hat.

"Weißt du, in der Hinsicht kannst du Mama ruhig vertrauen. Seit einer Woche hat sie die Küche schon nicht mehr verlassen!"
"Na bitte, das verspricht ein nettes Fressgelage!"
"Ja doch! Aber erst nach der Messe. Dieses Jahr ganz sicher. Alle sind sich darüber einig. Erst ab in die Kirche, und danach gibt es Essen."
"Na gut, dann werden wir Zeit haben, danach zu schmachten!"

"Aber nein! Beruhige dich. Es gibt schon Häppchen."
"Dann sind wir ja gerettet!"

"Ich hatte dir gesagt, nicht in Hausschuhen hinaus zu gehen!", knurrt halbernst meine Mutter, die wie angewurzelt mitten in der Küche steht. Ich erwidere ihr, dass ich mir ein Tuch um die Schultern gelegt habe. Heute ist Feiertag. Da sie mir niemals in der Anwesenheit ihrer jüngeren Schwester eine Backpfeife gibt, nutze ich die Gelegenheit und verstoße gegen die Schikanen, ohne dabei bedeutsamere Zwischenfälle zu riskieren.

Ich bewundere meinen Onkel, der seinen Mantel ablegt und die Eleganz seines flaschengrünen Anzugs enthüllt. Ich hätte so gerne ihn als Vater gehabt! Er ist ein Mann, ein echter. Er hat einen sehr feingestutzten Schnurrbart, der seine Lippen in ein ewiges Lächeln hüllt. Seine schwarzen Haare mit Brillantine, die in Wellen ohne sichtbaren Scheitel angeordnet sind, werden von kurzen Koteletten, die seine Wangenknochen schmücken, verlängert. Ich bin stolz auf ihn. Er hat immer wieder neue und sehr aufregende Beschäftigungen. Letztes Mal hat er zwei Pferde gekauft, nur aus Spaß, um sie auf der Wiese herumtoben zu sehen. Ich mag die Art, wie er Auto fährt, und vor allem nimmt er mich oft mit in den Wald. Er zeigt mir, wo sich Pfifferlinge, Morcheln und Maiglöckchen im Mai verstecken. Im Sommer markiert er die Spuren des Wildes, das er im Herbst jagen wird. Ich mag den lebhaften Tätigkeitsdrang, der ihn bei der Jagd umgibt, und ich mag es, den gut dressierten Hunden dabei zuzusehen, wie sie auf das geringste Pfeifen reagieren.

Ich weiß, dass er nie mehr als ein Tier abschießt, und dass die Jagd für ihn nur ein Vorwand ist, um eine große Tour auf das Land zu machen. Das alles habe ich eines Tages begriffen, ohne dass er es mir gesagt hat. Ich habe nämlich gesehen, wie er die Federn eines weiblichen Fasans glattstrich, den einer der Hunde ihm gerade apportiert hatte. Obwohl er es war, der ihn getötet hatte, strich er ihm liebevoll den Hals und brachte die durcheinandergebrachten Federn wie-der in Ordnung, bevor er das Tier in die Jagdtasche schob. Ein anderes Mal habe ich ihn völlig fertig gesehen, denn er hatte aus Missgeschick einen weiblichen Feldhasen getötet, der gerade sein Junges stillte. Er dachte an die hinterbliebenen Jungen, die er nicht retten konnte, weil er die Stelle ihres Baus nicht kannte. Für mich ist mein Onkel ein echter Held, offen, stark und gutherzig.

Nicht so, wie mein Vater, der, obwohl er aufschneiderisch ist, Angst vor einem Gewehr hat. Er weigert sich, an der Jagd teilzunehmen und kritisiert das Vergnügen anderer. Er hat, nachdem meine Mutter ihn mit Ach und Krach ermutigt hatte, zu Angeln begonnen. Ich kann ihn verstehen, das ist weniger gefährlich.

Aber, das muss man ihm lassen, mein Vater ist Champion im Öffnen von Austern, und die Festessen zum Jahresende bieten ihm ein Gebiet, das auf ihn zugeschnitten ist. In seiner dunkelblauen Schürze bleibt er unschlagbar. Kein einziger meiner Onkel stellt seine Überlegenheit in Frage. Mein Onkel Totor kann es nicht mit ihm aufnehmen, wenn es darum geht, Austern aufspringen zu lassen. Mit dem Druck einer Klinge, die in einen Spalt eingesetzt ist – das hat er selbst erfunden – trennt er die beiden Hälften, ohne auch nur eine Bruchstelle auf der Schale der

Auster zu hinterlassen. Meine Mutter errötet vor Freude, wenn sie sieht, wie ihr Mann die anderen Teilnehmer zeitmäßig schlägt. Sein Teller füllt sich in einem rasenden Tempo. Mein Vater ist nicht nur der Schnellste, sondern er ordnet seine Austern auch fächerförmig an und legt die Venusmuscheln zu den verschiedenen Austersorten. Nachdem er Krabben, Miesmuscheln, Hummer und Schne-cken hinzugefügt hat, kündigt er stolz an, dass seine Platte mit Meeresfrüchten angerichtet ist. Mein Vater ist ein Künstler.

Während die Männer für einen Tag Chef-Austernlöffner spielen und die Frauen einige Rezepte austauschen und dabei die letzte Hand an die Speisen legen, müssen wir, die Kinder, uns um die Tischläufer kümmern. Wir, die Kinder, das sind meine Cousine Josiane, die zwei Jahre älter ist als ich und darauf besteht, dass ich ihr wegen dieser Tatsche gehorchen muss, ihr Bruder Gérard, mein Cousin, Ninou genannt, meine sechs Jahre jüngere Schwester, mit der ich wegen des Altersunterschiedes wenig gemeinsam habe, und ich.

Meine Cousine Josiane hat das Kommando des Unternehmens über-nommen. Sie ist eifersüchtig, denn ich habe doppelseitige Karten gemacht. Auf der einen Seite glänzt links eine Zeichnung vom Weihnachtsmann, und rechts, in Schönschrift und mit in farbiger Tinte geschriebenen, das Menü. Auf die Seite zum Tisch hin habe ich Tannennadeln in der Form eines Baumes unter den Namen des Gastes geklebt. Es steht fest, das alle über mein Werk in Verzückung geraten werden.

Um ihren Neid wett zu machen, versucht Josiane, einen unglaublichen Tischläufer herzustellen, der aus einem Flechtwerk aus Bändern, Tannenzapfen, Ästen und Kerzen besteht und die Teller einrahmen soll. Das Tischtuch verliert sich in einem Durcheinander von Grünzeug, das praktisch meine Pappkarten verdeckt. Es ist einige Zeit her, dass die Kleinen uns ermüdet verlassen haben, um in einer Ecke eine Schachtel Pralinen zu leeren, die sie ohne Erlaubnis geöffnet haben. Konzentriert, wie wir auf unseren Wettbewerb sind, vergessen wir, ihr Vergehen, das gestraft werden könnte, in der Küche zu melden. Diese Gelegenheit nutzen die Kleinen, um sich genüsslich den Bauch vollzuschlagen, was ihre verschmierten Mäulchen bezeugen. Sie fassen sich ein Herz, bieten uns sogar einen Streusel an und machen uns so zu Komplizen ihres kulinarischen Diebstahls.

Nachdem ich die Speisekarten gut sichtbar in die Gläser zurückgesteckt habe, erkläre ich die Dekoration für abgeschlossen. Josiane, ganz knapp besiegt, würde noch gerne ein paar Dinge an der Anordnung der grünen Zweige ändern, aber die Erwachsenen kommen aus der Küche zurück, loben warmherzig unsere Erfindung und versöhnen uns somit mit einem geteilten, sehr verdienten Erfolg.

Von der Christmesse spricht nach dem Aperitif und dem pikanten Kleingebäck niemand mehr. Eher hält man es für wichtig, sich an den Tisch zu setzen, was auch getan wird. Ein Wind von Enttäuschung weht über mein Herz. Wieder werde ich nicht erfahren, wie die Messe, von der man jedes Jahr so überschwenglich redet, ist. Die Näherung der so erhofften Enthüllung, die mindestens ein Jahr verschoben wird, geht in ein Stimmengewirr über. Die einzige Messe, die ich mitgemacht habe, ist die von der Erstkommunion meiner Cousine. Damals war sie die Königin. Allerdings, so muss ich hier hinzufügen, mit hundert anderen, weiß gekleideten Kindern.

Nichtsdestoweniger wäre ich gerne an diesem ruhmreichen Tag an ihrer Stelle gewesen. Sie bekam außergewöhnlicheund unvorhersehbare Geschenke von allen Gästen. Meine Mutter, ihre Patentante, schenkte ihr eine goldene Uhr – ein Geschenk, das sie mir, ihrer Tochter, niemals gemacht hätte. "Das kommt, weil du keine Kommunion hast.", erklärte sie. Wer ist schuld daran?

Auf dem Tisch haben die Krustentiere Platz gemacht für die Vorspeise. Oben auf den Gemüseschichten erinnern die stehenden, hartgekochten Eier, die von mit Mayonnaise betüpfelten Tomaten-hälften überragt werden, an Fliegenpilze, während krausige Petersilienbüschel einem Teppich aus Mousse "zum Verwechseln" nachahmen, und zu Körbchen zurechtgeschnittene Tomaten quillen von kleinen Gemüsestückchen über. Auf den großen Wurstplatten sind die Wurstscheibchen wie Blätter angeordnet und bilden große Blumen mit Mortadellaherzen. Artischocken-böden werden von fächerförmig geschnittenen Gurken umringt, und Dreiecke aus Mischbrot heitern die vier Ecken des Tischtuchs auf. Hier werden Teller mit Porenstruktur, die mit glühend heißen Schnecken mit Petersilie garniert sind, hingestellt.

"Die müssen gegessen werden, bevor sie abkühlen."

Und die runden Teller werden an alle weitergereicht.

"Zu Schnecken isst man Brot."

"Und trinkt man Weißwein, nicht wahr?"

Lautes Gelächter. Das Gelage hat begonnen.

"Lecker, deine Schnecken.", kommentiert Onkel Guy.

Der Urteilsspruch ist gefallen. Guy, der wegen seiner blauen Augen auch Püppchen genannt wird, der Experte auf diesem Gebiet, hat gesprochen. Zwei Platten müssen seine Zustimmung bekommen, bevor das Essen für gelungen erklärt werden kann: Die Schnecken und der Kalbskopf in Vinaigrette. Mama sagt, das kommt daher, weil er in seiner Jugend so arm war, dass Schnecken und Kalbskopf für ihn Delikatessen geblieben sind.

Alle in der Familie haben so ihre kulinarischen Spezialitäten. Bei meiner Tante Lulu, Lucette, ist das Sauerkraut. Sie legt den Boden eines exklusiven, gusseisernen Topfes mit Schweineschwarte aus und legt mitten in die wechselnden Schichten aus nicht abgewaschenem, sondern in einem Sieb abgespültem Sauerkraut und Fleisch eine geschälte Renette.

Meine Tante Julienne, die Älteste von allen, thront vor Kopf. Sie ist die Königin des Cassoulet, des Bohneneintopfs. Sie ist in Castelnaudary, in der Nähe von Toulouse, geboren, was ihre Berufung erklärt. Um ihr in nichts nachzustehen, hat sich ihr Mann, mein Onkel José, auf Kaninchen, selbstverständlich Wildkaninchen, mit Pfifferlingen spezialisiert. Nicht nur ein paar Pfifferlinge, um die Soße zu verzieren, sondern als Gemüse, das in dem Saft magerer, geräucherter Brustspeck-würfel gebraten wird.

Meine Tante Suzon, die Mutter von Josiane und Gérard, hat Fingerspitzengefühl für alles, was mit Blätterteig überzogen ist, und für Nachspeisen. Natürlich sind ihre Pasteten im Teigmantel berühmt. Ich vermute, dass ihr

Mann in der Zubereitung von Früchten in Schnaps glänzt, um sie von ihrem Rang zu verdrängen. Kirschen, Brombeeren, Pfirsiche, schwarze Johannisbeeren und Weintrauben – alles hat er mit mehr oder weniger Erfolg probiert, aber erst seine Knorpelkirschen haben die Anerkennung der Familie gefunden.

Meinem Onkel Victor gelingt sein Geflügel-Confit auf traditionelle Art wie keinem anderen, und selbst meine Tanten beneiden ihn um seine Begabung im vorliegenden Fall. Meine Mutter kann nicht so gut backen, was ich bitter bedaure, aber ihr Fleisch, und besonders ihre Braten, sind immer einsame Spitze. Dies hat meinen Vater ermutigt, sich auf das Kalbsragout mit Weißweinsoße und Kartoffeln zu stürzen. Ein Rezept ganz von ihr persönlich. Aber diese Liste wäre nicht vollständig, wenn ich nicht den Coq au vin mit Speckwürfeln und pochierten Eiern meines Onkels Charles nennen würde.

Bei uns besteht ein Familienessen nicht nur aus der Probe vorgestellter Gerichte, sondern wir besprechen auch die Rezepte jedes einzelnen - ein doppelter Genuss sozusagen. Nach dem Verschlingen der weißen

Gefügelwürste und dem Abräumen der garnierten Teller ist der Einzug der Pute an der Reihe.

Von Kastanien umringt thront sie auf einer ovalen, silbernen Platte mit vergoldeten Griffen. In unserer Familie schneidet man das Geflügel auf dem Tisch. Also, keine Stücke, die verschwinden. Das entsprechende Schneidewerkzeug schneidet tief in die aufplatzende Haut, und der rosafarbene Saft sickert leicht aus dem übel zugerichteten Fleisch.
"Spitze!", lautet das allgemeine Urteil.

Es folgen eine Diskussion über die verschiedenen Eigenschaften von Füllungen, die seit Jahren benutzt werden, und die Frage, ob es nicht besser wäre, im nächsten Jahr an Weihnachten nicht doch eine Gans zu schmoren, um mal ein bisschen Abwechslung zu haben. Diese Möglichkeit sollte man ernsthaft erwägen, obwohl eine Gans auf jeden Fall fetter ist. Eine Sache ist sicher, es werden niemals mehr junge Perlhühner, die man doch zu trocken findet, auf den Tisch kommen. Die Pute wird auf der Speisekarte bleiben. Sie hat so viele nicht zu leugnende und beträchtliche Vorteile; unter anderem "gibt sie so richtig Weihnachtsstimmung". Ein üblicher Ausdruck, der von jedem von uns verstanden wird: Das gibt Weihnachtsstimmung oder nicht. Obwohl wir diese kaum erreichen, plagen wir uns deshalb jedes Jahr damit ab, nach dem Hauptgericht die Käseplatte herumgehen zu lassen, gefolgt von mehr oder weniger exotischen Salaten, um mit einer Biskuitrolle abzuschließen. Das Eis nicht zu vergessen. Die Biskuitrolle mag niemand, aber sie gibt Weihnachtsstimmung. Wir sind unverbesserliche Dickköpfe, und nichts wird uns ändern, auch nicht unseren schlechten Geschmack in dieser Tradition.

Einige Stunden später werden die Knochen des Vogels sowie die verstörten Überreste, die in den großen Salatschüsseln schwimmen, in den Bedienstetenraum zurückgeschickt, und die Kaffeekanne erscheint auf dem fleckigen Tischtuch. Dies ist mein liebster Zeitpunkt, der der Geschichten und Lieder, und jeder bringt etwas Eigenes hervor. Alle beten ein bisschen, der Form wegen, eine Art Höflichkeit, aber niemand würde seinen Auftritt gerne verpassen. Sogar wir, die Kinder, haben das Recht, auf die

Anklagebank zu steigen und einen Augenblick des Ruhms während des Applauses zu genießen. Jedes Genre ist erlaubt. Es wird moduliert, gegrölt oder gemurmelt, ganz nach Laune und Kapazität. Und jedes Jahr stimmt einer von uns mit einer leicht zerbrechlichen Stimme "Fröhliche Weihnacht überall" an, wobei der Rest der Versammlung andächtig zuhört. Das ist ein Zeichen. Mit einem unausdrücklichen und auch unerklärbaren Regelmaß, ohne uns abzustimmen, singen wir "Ihr Kinderlein kommet" und "Stille Nacht, Heilige Nacht". Das gibt erst richtig Weihnachtsstimmung!

Die Stute

Jacques reitet am Waldrand, zwischen der Wiese und der Lichtung. Die Sonnenstrahlen, die vom Wind getragen werden, beflecken die Gräser mit Lichttalern. Er richtet den Kopf auf und atmet tief die Brise, die durch die belaubten Zweige weht, ein. Er wird schneller. Die Bäume werden schmaler, um schließlich völlig zu verschwinden, und werden von hellen Gräsern ersetzt, die sich unter den Tritten biegen. Der Hals seines Reittieres schüttelt eine unbändige Mähne, die ihm strenge und gleichzeitig süße Düfte zukommen lässt. Er schwingt leicht seinen Oberkörper und presst seine Waden gegen die zitternden Flanken. Die Stute bäumt sich auf, startet zu einem Sprint und steuert auf das rot gesprenkelte Getreide zu. Er beschleunigt, seine Knie drücken sich gegen den Widerrist, er hält die Zügel kaum zurück, und sein Blick richtet sich zum Horizont. Ähren werden dort, wo die Mähmaschinen

vorbeigekommen sind, zu Stoppeln. Er singt
vor sich hin:

"Dagadum, dagadum". Er ahmt den Laut der
Hufe nach, die auf den Boden stampfen.
Strohklumpen, die vom Schwung mitgerissen
werden, sowie die Flugasche vollführen eine
Drehung, um schwer in die hinterlassenen
Furchen zurückzufallen. Nur dieser wilde
Ausritt über die Felder zählt noch, es geht
immer weiter in der frischen Morgenluft. Halb
über die wehenden Pferdehaare gebeugt und
in den Steigbügeln aufgerichtet, ermutigt er
das Tier, das beim Erklingen seiner Stimme
mit den Ohren zuckt. Sie werden harmonisch
voneinander magnetisiert, springen über eine
Hecke, ohne das Tempo zu beschleunigen,
und gehen ab in die Lüfte. Für dieses
einzigartige Paar, das sich ganz dem Wunsch
ihrer Fantasie hingibt, gibt es keine
Hindernisse.

Der Himmel zieht sich zu und wird von
Wolken verdichtet, die vom böigen,
aufheulenden Wind vorwärts bewegt werden.
Der Boden wird schwammartig, saugt sich
voll und bricht in Pfützen auf, aus denen
schreiende und mürrische Krähen trinken.
Unter dem Gewicht der Wolken, die von ihrer

Traurigkeit schwer geworden sind, verliert das Pferd Geschwindigkeit und beginnt, schwerfällig zu atmen. Der Regen erschwert ihnen bald sie Sicht. Weil sie triefend nass sind, kommen sie in den heftigen Wirbelstürmen, die Spurrillen im Weg in Morast verwandeln, nicht mehr vorwärts. Das Pferd rutscht und versinkt. Jacques zieht an den Zügeln, aber vergeblich. Das Pferd, bis zum Sprunggelenk im Schlamm, mit dampfenden Nüstern, mit Schaum auf den Lippen, wiehert, gerät in Panik und verdreht vor Angst die Augen. Schließlich kommt es frei, stampft mit den Hufeisen, seine Hufe sind mit Blut überströmt, es fällt auf die Brust und kippt auf seine Flanken. Schweißgebadet kämpft Jacques unter der gefährlichen Masse, die ihn ungewollt erdrückt.

In seinem Bettzeug verfangen, seine Beine steif und gefesselt an seine Pritsche, betrachtet er, ohne zu verstehen, die silberne Kugel an der Wand. Er wird sich der Mauern bewusst, die ihn umgeben, und fühlt, wie sein Körper sich vor rasenden Schmerzen zusammenzieht. Das Halbdunkel bringt nach und nach die nur allzu bekannten Gegenstände zu ihm zurück. Den Tisch, den Stuhl, das Bücherregal, die

Toilette und nicht weit davon das Waschbecken aus weißem Steingut. Zwei Meter von ihm entfernt zeichnen sich, obwohl alles den gleichen, grauen und undefinierbaren Grauton hat, klar und deutlich die Konturen der Tür ab.

Wie immer nach seinem Traum kommt aus seinem Schmerz eine quälende Lähmung hervor. Seine Glieder sind steif, seine Leisten brennen, und er erlebt eine Erektion, die ihn ins Leben zurückbringt und streng in der Mulde seines Unterleibs verharrt. Seine Hand, die zunächst zögert, steuert in Richtung des Lakens. Seine Eichel zittert schnell vor Hoffnung. Seine Fingerglieder nehmen die Form einer Muschel an, und erbittert und mit einer zarten Unnachgiebigkeit wiederholt er die unvermeidlichen, rettenden Bewegungen. Unweigerlich bringt das Hin und Her ihn näher zum höchsten Punkt. Er fühlt, wie in ihm die Energie des Moments aufsteigt. Besessen bewegt sich sein Arm immer lebendiger, und die Mulde seiner Handfläche lässt das Reiben aufleben. Die Helligkeit eines Blitzes durchfährt die angeschwollene Starre und explodiert vor seinen geöffneten Augen über dem Nichts. Der Kiefer ist schwach und weit aufgerissen, das Atmen kurz und langsam, und die Finger lassen ihre Beute los. Er folgt seinem Instinkt und tastet vorsichtig den klebrigen Faden, der sich über seine Seite verteilt hat, und der Tropfen für Tropfen in eine Falte seiner feuchten und zerknitterten Decke läuft. Bewegungslos kommt er wieder zu Atem. Seine Gedanken kreisen steril um die Hinterhältigkeit seines ungesättigten, unstillbaren Verlangens.

Jacques atmet plötzlich, verdrängt in seinem tiefsten Inneren den Groll, der in der hämmernden Erinnerung anhält. Er hatte Christian und Claudine für seine Freunde angesehen. Zu ihnen war er mit seiner blutverschmierten Hand geflüchtet. Christian war nicht da. Claudine hatte er seine Geschichte, unterbrochen von Schluchzen und Tränenausbrüchen, erzählt. Claudine hatte die Polizei angerufen. Sprachlos und unfähig, zu reagieren, hatte er das Fernbleiben des Freundes bemerkt. Christian war in dem Moment zurückgekommen, in dem die Polizeibeamten ihn in den Polizeiwagen steigen ließen. Er hatte ihn bis auf die Wache begleitet. Sie waren die ganze Strecke gefahren, ohne ein Wort zu wechseln.

Christian hatte sein Schweigen aufgefangen,
interpretiert, und das Ausmaß des Dramas in
einem völligen Mangel an Trost enthüllt.

Weil er sich einer Gewalttat schuldig gemacht
hatte, hatte man ihn eingesperrt. Es war
Freitag abend, und er war zwei ganze Tage,
ohne Kontakt zur Außenwelt, dort geblieben.
Man brachte ihm Brötchen und Kaffee in
einem Pappbecher. Er konnte sich weder
waschen noch rasieren. Am Montag morgen
hatte die Rechtsanwältin, die Christian
geschickt hatte, ihn aufgefordert, zu duschen.
Der Untersuchungsrichter hatte die
Inhaftierung angeordnet. Er wollte
protestieren, aber was hätte das genützt? Der
Untersuchungsrichter war eine Frau, und sie
berief sich auf das Risiko einer Wiederholung
der Tat. Daraus hatte er abgeleitet, dass
Jeannine ihn angeklagt hatte. Er hatte bereut,
sie nicht getötet zu haben. Ein maßloser Hass
hatte einen Augenblick lang seinen Blick
getrübt. Die Richterin hatte das sicher
gemerkt, denn sie zitterte unmerklich. Bei
ihrem folgenden Besuch hatte die Anwältin
ihn aufgefordert, seine Gefühle in Zukunft
besser unter Kontrolle zu haben oder in jedem
Fall zu versuchen, büßender auszusehen,

wenn nicht gar Reue statt Arroganz zu zeigen, etwas zu lächeln, aber nicht zuviel, den Blick zu senken und ganz einfach ungefährlicher zu erscheinen.

Das schmelzende Blut schlägt wie ein gestörter Automat auf seine Schläfen, und mit seinen mechanischen Schritten, die ihn unweigerlich zum endgültigen Schicksal führen, stampft er auf die Pflastersteine. Er ist sich der verbotenen Grausamkeit bewusst, aber geht unerbittlich weiter, weil er nicht fähig ist, diese anhaltende geistige Umnachtung, die ihn dort hinzieht, wo er nicht hingehen möchte, zu stoppen. Die Rache in seinen pfeifenden Ohren zwingt ihn zum Handeln und berauscht ihn völlig. Seine Gedanken werden zunichte gemacht. Er ist zugleich er selbst und ein anderer. Er betrachtet sich, beobachtet seine Handlungen, und die Leidenschaft, die stärker ist als er, macht ihn blind. Alles, was er verlangt, ist ihre Zerstörung und die Beseitigung seiner Kränkung. Er will sie um ihren Betrug büßen lassen, sie aus Rache für den schrecklichen Schmerz, den er unter seinen Rippen fühlt, zu beseitigen, sie leiden zu lassen und ihr den

Schmerz zurückzugeben, den sie ihm zugefügt hat. Sie zu töten.

Seine Finger umklammern den Griff des Messers unten in seiner Tasche, und er geht, getragen vom düsteren Rausch einer feindlichen und zerstörerischen Bitterkeit, durch das Labyrinth der Straßen. Er läutet an der Tür und ruft ihren Namen. Fragt nach ihr. Klettert die Stufen hoch. Dort steht sie vor ihm. Vom Treppenabsatz her schaut sie ihn lächelnd an. Die Wut bestimmt seine Handlung. Kraftvoll, überschwenglich und mit einem Liebes-, Todes- und Blutgeschmack in seinem Mund stößt er die Klinge nach vorne. Jeannine fällt zu seinen Füßen. Er schlägt noch brutal auf sie ein. Sie kauert sich zusammen. Erbarmungslos schlägt er weiter. Als seine Wut etwas beruhigt ist, sucht er Jeannine, die wackelig aufsteht und in die Wohnung tritt, mit seinen verschleierten Augen ab. Seine Arme baumeln an seinem Körper, und er wird überwältigt vom Gefühl eines jämmerlichen Scheiterns. Bestürzt nähern sich ihr zwei Freunde, die einige Wörter sprechen.

"Wie schrecklich.", hört er eine traurige Stimme sagen, die sich im Raum verliert. Hier gibt es nichts mehr zu tun. Niemand denkt daran, die Tür zu schließen. Niemand kümmert sich um ihn. Abgespannt geht er die Stufen hinunter. Tränen rollen über seine Wangen.

Jacques vergräbt sein Gesicht in seinem Kissen und weint. Er hatte Jeannine nicht daran hindern können, in die Sonne zu fahren, eine neue Liebe zu finden und in anderen Armen glücklich zu sein. An seinem Bedauern erstickend schnäuzt er sich, steht auf und nähert sich dem Waschbecken. Gewissenhaft wäscht er sich. Bärbeißig murrt er zwischen seinen Zähnen:
"Weihnachten, du kannst mich mal!".

Die kleine Viviane

Charles hat sich behaglich in die Daunen seiner Decke gekuschelt und schläft noch. Das Trommeln von nackten Füßen auf dem Parkett weckt ihn ganz auf. Er gähnt und hebt vorsichtig seine Augenlieder. Als er diese halb geöffnet hat, filtern seine Wimpern den vertrauten Anblick von Viviane, die sich über ihn beugt.
"Charles! Charles!"
"Hmm."
"Komm! Komm schnell! Steh' auf!"
"Schtttt!"
"Ich habe sie gehört!"

Die kleine Hand beginnt, energisch an ihm zu ziehen. Großzügig wie er ist, zieht Charles sich schnell an, wühlt mit seinen Fingern in seiner Haarmasse herum und setzt sich auf die Bettkante, nachdem er seine Decke vollständig zur Seite geworfen hat. Viviane beglückt ihn mit einem strahlenden Lächeln, das ihre Grübchen beleuchtet. Sie weiß, dass man ihr keinen Wunsch abschlagen wird, und wartet geduldig darauf, dass ihr alle Aufmerksamkeit geschenkt wird.

"Er hat 'Ho! Ho!' gerufen. Ich hab's genau gehört. Ihre Stiefel haben auf den Dachpfannen Geräusche gemacht."

"Na, dann müssen wir mal schauen."

"Ja! Ja! Ganz sicher, sie sind gekommen."

Viviane wird von der Freude mitgerissen, klatscht in die Hände und lacht aus Leibeskräften.

Sie trägt eine himmelblaue Bluse, wirft den Kopf zurück, und ihre leicht gewölbte Stirn ist mit Schleifen übersät. Es ist, als ob ein Engel Charles von der Seite anschauen würde. Weil Viviane drei Jahre jünger ist als er, fühlt er sich für seine Schwester verantwortlich. Sie ist so unschuldig. Wie naiv, an den Weihnachtsmann zu glauben! Er verspürt aber annähernd den Wunsch, sie über ihren Irrtum aufzuklären. Er lässt sich vom Enthusiasmus der kleinen Zauberin, die ihn mit einer Pirouette wieder ins Märchenland mitnimmt, anstecken.

"Leise! Du machst noch das ganze Haus wach."

Sie weiß, dass ihr Bruder nach dem Aufstehen etwas Zeit braucht, aber dass er danach alles tun wird, was sie will. Unermüdlich wird er mit ihr spielen, wird mit ihr spazieren gehen und sie tausend Dinge lehren. Sie und Charles haben sich gerne und sind unzertrennlich. Heute bedauert sie allerdings die Langsamkeit ihres Bruders. Sie kann kaum abwarten, dass sie die Geschenke entdeckt. Seit einigen Tagen reden sie über nichts anderes mehr.

Letzte Woche hat sie mit Großvater den Weihnachtsmann besucht. Sie liefen zum Bahnhof und nahmen den Zug, was nicht sehr oft passiert, aber Großvater hasst es, in der Stadt Auto zu fahren. Er verabscheut Verkehrsstockungen und Tiefgaragen. Einmal, als er mit Großmutter in den Kaufhäusern bummeln wollte, hatte er sein Auto in der Vielzahl Etagen verloren. Er hatte nicht ganz die Funktion der Zahlen und Buchstaben verstanden. Was Großmutter betrifft, so hatte sie eine tiefe Abneigung gegen diese Betonkeller, aus denen man nur mit dem Aufzug herausrauskommt und durch einen Tunnel herein.
"Das ist so beängstigend", sagte sie.

Viviane genoss dieses Wort. Sie ahmte Großmutter nach und wiederholte es, indem sie eine Prise Luft einatmete und es danach, selbstverständlich mit Betonung jeder Silbe, aussprach: BE-ÄNG-STI-GEND. Sie bedeckte ihre Stimme zu dieser Gelegenheit mit einem schwach rauhen Schleier.

Im Zug erkärte Großvater ihr gut, dass sie immer zusammen bleiben müssten. Der Weihnachtsmann sei sehr beliebt und erwarte einen großen Andrang von Kindern, die ihn, genau wie sie, sehen wollten. Sie stellte, weil sie so aufgeregt war, diesem alten Mann zu begegnen, Dutzende von Fragen, die Großvater bis in Details beantwortete. So bekam sie einen guten Eindruck.

Sie erkannte Ihn sofort. Die Lampen, der Krach, die Rufe, die Musik, alles war verschwunden. Sie sah nur noch Ihn. Die große Anzahl von Geschenken, die Ihn umringten, verschwanden hinter Ihm. Sein funkelnder Sessel aus Gold und Edelsteinen stand auf einem Holzpodium nahe der mit Tausenden von Lichtern dekorierten Tanne, und Er thronte über einer Menge aus kleinen Köpfen. Mit gierigen Augen verschlang sie

Ihn mit ihren Blicken, ohne einen Atemzug zu wagen. Großvater gab ihr den Brief in die Hände und drückte sie, nachdem er sie auf den Boden heruntergelassen hatte, freundlich in den Strom respektvoller Kinder. Schüchtern wartete sie, bis sie an der Reihe war und stieg dann sorgfältig eine Stufe nach der anderen hinauf. Als sie bei ihm angekommen war, bewunderte sie ihn und hatte ihre feuchten Lippen vor Staunen halb geöffnet. Sie war geblendet von der knallroten Farbe, die vom Weiß hervorgehoben wurde. Er beugte sich über sie, murmelte Worte, die sie schon nicht mehr hörte und fasste sie um die Taille. Dann setzte er sie auf seinen Schoß. Erschrocken und entzückt zugleich suchte sie, zunächst ohne Erfolg, Großvaters Augen, um, bevor die Panik sie ergreifen würde, sein halb von einem Tannenzweig verdecktes Gesicht zu entdecken. Dann hielt sie beruhigt dem Weihnachtsmann ihr Schreiben hin. Dieser nahm es mit seiner behandschuhten Hand an. Mutig versicherte sie ihm, das ganze Jahr über brav gewesen zu sein, wobei sie einige unwichtige Details überschlug. Dann nahm er lächelnd ihre Einladung bei ihr an. Ein Fotoapparat tauchte in der Menge auf, und ein Blitz blendete ihn.

Schließlich wurde sie zu Großvaters Armen zurückgetragen.

Sie hatte keine Erinnerung mehr an die Rückfahrt, außer, dass sie diesen märchenhaften Anblick im Schutz ihrer geschlossenen Augenlider festhielt und Schlaf vortäuschte, um diese traumhafte Vision noch etwas zu verlängern. Die Tage danach waren eine Qual. Sie konnte nicht mehr warten. Dann kam der große Tag.

Charles steht auf und nimmt sie an die Hand. Ohne ein Wort zu sagen, steuern sie in Richtung der Treppe. Sie schreitet über die letzten Stufen, gibt dabei kein Geräusch von sich und hält den Atem an, so groß sind ihre Erwartungen. Die Türen des Wohnzimmers sind geöffnet und lehnen gegen die Wand. Ihre beiden Füße bohren sich in den flauschigen Teppich und, vor Verblüffung versteinert, kann sie sich nicht mehr bewegen. Dort, wo gestern noch die Vitrine stand, befindet sich eine riesige Blautanne.

Das silberne Büschel auf der Spitze hätschelt die Decke, und die Äste, die überladen sind mit Schnee, breiten sich bis in die Ecken aus.

Glaskugeln, vereiste Tannenzapfen und Goldkugeln drängen sich zwischen phantasievoll angebrachten Girlanden. Ein junges Kaninchen hämmert mit seinen zwei Ministäbchen auf eine Trommel, die es an Schulterriemen trägt, glitzernde Vögelchen, die an den Nadeln hängen, piepen um die Wette und schütteln ihre zitternden Schwänzchen. In einem regelmäßigen Auf und Ab klingeln die Pferde in einem Karussell mit ihren Glöckchen, und ein Skifahrer startet mit voller Geschwindigkeit einen Slalom auf den Spitzen der Zweige. Über der Krippe blinkt, versteckt in einem Felsen am Fuße des Baumes, ein schüchterner Stern. In jeder Haarsträhne der Engel antwortet ihm ein buntes Strahlen.

"Er hat sein Versprechen gehalten! Er ist gekommen.", flüstert Viviane. Der Anblick der mit Schleifen verzierten und auf dem Teppichboden verteilten Geschenke verschlägt ihr die Stimme. Alle Formen, alle Farben sind in einem fröhlichen Gemisch aus Knoten, Rosetten und Glanzpapier vereinigt. Eine Welle von Emotionen überflutet ihr Herz und siegt dabei über jegliche Spur der

Erziehung. Sie trampelt vor Glück auf den Boden.

"Weihnachten! Weihnachten! Es ist Weihnachten! Papa! Mama! Großvater! Großmutter! Es ist Weihnachten!", ruft Viviane, die vor lauter Glück losläuft, um sich in Großvaters Arme zu stürzen.

Heiligabend

Vorsichtig marschieren die Sohlen, die vom Lichtkegel der Laterne eingeschlossen werden, dicht am Kellerfenster vorbei. Der Pappschnee und das Glatteis haben sie von der Vorsichtigkeit, die sie sorgsam und mit einer uneingestandenen Zurückhaltung antreibt, überzeugt. Einige ziemlich dicke Leute bewegen sich ohne sichtbares Zögern, während andere den Boden ausprobieren, bevor sie ihm vertrauen. Seit Stunden beobachtet Sylvia das Kommen und Gehen auf dem Bürgersteig und sucht in der Masse die kleinen Schuhe. Sie erblickt sie in dem Moment, in dem sie die Türöffnung überschreiten. Sie mag gerne die farbigen Pumps, aber sie lassen sich immer seltener sehen. Breite Absätze sind modern, vorzugsweise in schwarz. Das ist ihre Art, einen Schaufensterbummel zu machen. Sie mag es, sich im Schutz des Fensters die Körper oberhalb der Waden vorzustellen. Manchmal gehen Paare im gleichen Schritt, und dann sieht sie umschlungene Geschöpfe, die sich Versprechen zuflüstern. Heute jedoch scheinen alle, trotz der unsicheren Straße, in Zeitdruck zu sein. Sie eilen durch die Kälte zu ihrem Ziel, zur Behaglichkeit einer Familie oder zum Komfort eines Hauses.

Seit Dupont tot ist, hat Sylvia niemanden mehr. Zusammen machten sie, zum reinen Vergnügen, lange Spaziergänge am Ufer der Seine. Sowohl im Sommer als auch im Winter boten ihnen die Uferstraßen ein sehenswertes und kostenloses Schauspiel. Dupont lief, trotz seines Alters, schwungvoll über das Straßenpflaster und schnupperte an jedem Grasbüschel. Er hatte Erfolg dabei, am Ufer verirrte Schmetterlinge zu vertreiben. Er ließ sich niemals zweimal auffordern, hinauszugehen. Bei diesen Erinnerungen entweicht vor Rührung ein großer Seufzer aus ihrer Brust, und automatisch zieht sie sich ihren Anorak fest um die Schultern. Dupont hatte die ständigen Umzüge nicht vertragen.

Sie fasst sich wieder. Sie kann nicht klagen. Jammern hilft nicht und ist gefährlich. Es gibt Menschen, die ärmer dran sind als sie. Natürlich, Dupont zu verlieren, war ein

Schlag gewesen, aber sicherlich würde sie im Frühling einen ausgesetzten Welpen auf einer Mülltonne finden. Die gab es jedes Jahr. Und außerdem, hatte sie nicht Glück, diesen verlassenen Keller für den Winter gefunden zu haben, während andere sich mit Kartons abfinden mussten und dem schlechten Wetter und den Müllmännern ausgeliefert waren? Zufrieden wendet sie den Blick vom Geschehen auf der Straße ab, um ihr neu erworbenes Gebiet zu inspizieren. Das Halbdunkel, das sie umgibt, steht in Kontrast mit der Helligkeit draußen und lässt sie mehrmals blinzeln. Sie sieht systematisch ihre Besitztümer durch, auf die sie nicht wenig stolz ist. Sie nimmt jede Kiste und jedes einzelne der Bretter wahr, die sich vor der Wand auftürmen. Hier bewahrt sie eingesammelte Zeitungen und Magazine auf. Das alles betrachtet sie mit einem schätzenden Auge und bemerkt, dass sie sich eine schöne Bibliothek eingerichtet hat. Was macht es schon aus, wenn die Federn die abgewetzte Jute des Sessels durchbohrt haben, oder wenn der Mangel an Licht ihr Lesefreuden vorenthält! Diese so eingerichtete Ecke erscheint ihr wie ein behagliches Zuhause.

Mit Liebe betrachtet sie die ausrangierte
Matratze, die sie gepflegt hat, vor der Mauer.

Sie hatte sie eines Morgens ein paar Straßen
weiter aufgestöbert und schnell zu ihrem
Schlupfwinkel gezogen. Der Stoff hatte
während des Transports ein wenig gelitten,
aber er sah nichtsdestoweniger sehr
akzeptabel aus und wies kein offenkundiges
Loch auf. Als Bettrahmen verfügt sie über
Kisten, und die Matratze steht in einer
zuggeschützten Ecke. Seitdem dankt sie jeden
Abend, wenn sie sich in ihr kuscheliges Bett
legt, ihrem Stern dafür, dass er über sie wacht,
und ist sie froh, die Kraft gehabt zu haben, sie
bis hierhin mitzuschleppen. Dank ihrer
aufgetürmten Decken kann sie sich jeden Tag
dem Zubettgeh- und Aufsteh- Ritual widmen,
abends ihre Kleider ablegen und sie morgens
wieder anziehen, ohne Angst haben zu
müssen, sich den Tod zu holen.

Die Illusion eines gut geordneten Lebens hilft
ihr, zu überleben. Bei jedem Wetter, zu jeder
Jahreszeit, geht sie frühzeitig zum Markt.
Genau und effizient wie sie ist, untersucht sie
sorgfältig den Müllhaufen und füllt ihre
Einkaufstasche mit allerlei nützlichen Sachen,

appetitlichen Resten, und geht sie zum Frühstück in die kleine Grünanlage. Besonders, wenn es regnet, kommt sie selten hierher. Sie sucht eher Schutz unter einem Portal in einem ruhigen Sträßchen. Sie hat so ihre kleinen Angewohnheiten, aber ändert täglich ihre Routine, aus Angst, beobachtet zu werden.

Wenn es warm ist, läuft sie oft zum Sacré-Cœur hoch, nicht, um den Blick über Paris zu genießen, sondern weil hier die Menschen großzügiger sind als bei der Kathedrale Notre-Dame. Auf den Stufen sitzend hält sie die Hand hin. Die meisten Besucher geben ihr eine Münze oder einen Schein, vor allem Ausländer. Diese trauen sich nicht, ihr ihre dringende Bitte abzuschlagen. Ihr schwächliches Äußeres, ihr reiner Atem, ihre mitgenommenen, angegriffenen Haare und ihre höfliche Hand ermutigen sie zur Spende. Sie vermutet, dass sie sich schämen, weil sie eine so hoch entwickelte Ausrüstung über der Schulter hängen haben, während ihre Armut deutlich ist. Ihre Überlegungen grenzen gar nicht an die Wirklichkeit, an ihre alltägliche Realität.

Vorgestern ist sie zum Friedhof Père Lachaise in der Rue Turbigo gegangen. Anfangs wollte sich in die Küchen vom Hospital Saint-Louis begeben, aber ohne es wirklich zu merken, ist sie nach rechts gegangen und ist in die Avenue de la République eingebogen. Freiheit! Gleichheit! Brüderlichkeit! Drei Worte, die sie zum Zweifeln gebracht haben, als sie sie gelesen hat.

Der Haupteingang des Friedhofs auf dem Boulevard de Ménilmontant, wo sich im Hintergrund die große Avenue mit dem kolossalen Totendenkmal abzeichnet, ermutigte sie zum Flanieren. Nach Mademoiselle Lenormand besuchte sie Colette, danach Rossini und Alfred de Musset. Gefangen im Spiel der Begegnungen bog sie oben auf der Treppe nach links ab und ging zu Bizet und Enesco. Noch ein paar Stufen, und Raymond Radiguet empfing sie. Auf der anderen Seite, in der Nähe des Carrefour du Grand Nord, folgten Grétry, Méhul, Pleyel, Chopin, Cherubini und Bellini, die in ihr Fetzen von Erinnerungen an das frühere Leben weckten. Sie legte sich auf eine Platte. Sie wäre gerne dort, auf dem weißen Marmor, umgeben von Tönen, die sie früher bewogen hätten, liegen geblieben. Frostschäden zwangen sie jedoch, zu gehen. Sie hatte einen Ast von einem Buchsbaum abgepflückt, der in der Nähe eines Kreuzes wuchs. Sie ging über den Boulevard de Magenta zurück und kam genau rechtzeitig zurück, um der Messe um halb acht beizuwohnen.

Sie hatte ihren Fund unter ihrer Weste versteckt und war durch das Gewirr von kleinen Straßen geschlendert. Als sie an dem Kaufhaus Galeries Lafayette vorbeigekommen war, hatte sie ein Lichtermeer überwältigt. Ein Kastanienverkäufer hatte ihr eine Tüte mit gegrillten Esskastanien geschenkt, die sie genossen hatte, während sie die erleuchteten Girlanden bewundert hatte. In dem Moment hatte sie beschlossen, ihre Unterkunft zu schmücken.

Sylvia dichtet das Fenster mit Brettern ab und verschließt die Schlitze gut mit Tüchern. Aus ihrer Tasche holt sie eine Streichholzschachtel und steuert in Richtung des Stücks Kerze, das sie in der Dunkelheit findet. Das Zimmer füllt sich mit einem sanften Licht, dass die Spuren

von Salpetersäure und die Pfützen, die in der
Ecke zur Straße hin vegetieren, und auf die es
Tropfen unaufhörlich abgesehen haben,
enthüllt. An der Decke sickert aus einer
aufgeplatzten Wunde mit ausgestopften
Lippen, an einem Rohr entlang, das mit
zerbröckeltem Gips überzogen ist, eine
schwärzliche Flüssigkeit. Davon sieht Sylvia
nichts. Auf den vierkantig zugeschnittenen
Brettern, die als Sockel dienen, stellt sie ihre
Schätze zur Schau. Entzückt untersucht Sylvia
sie mit dem fröhlichen Auge eines Besitzers.
Für jeden anderen Menschen wären sie nur
ein Haufen Abfall, den man wegwerfen sollte,
aber für sie sind es ihre Lieben. Sie haben
eine gemeinsame Vorgeschichte. Der
Glastopf, in dem der Buchsbaumzweig steht,
stammt vom Gare du Nord, aus dem
Mülleimer eines aus Belgien kommenden
Thalys, daran kann sie sich erinnern. Sie hatte
ihn aus dem Korb gezogen, als sie ihren Arm
dort hineingetaucht hatte. Er war noch fast
voll gewesen. Den Porzellanteller hatte ihr die
Rue Mouffetard an einem verregneten Abend
geschenkt. Die Tasse, der Becher, die Karaffe,
alle sprechen mit ihr in einer Sprache, die nur
sie entschlüsseln kann und sagen ihr Worte,
die nur sie hört. Heute abend aber hört sie den

alten Freunden kaum zu. Was sie am meisten rührt und all ihre Aufmerksamkeit fordert, ist der kleine Baum, den sie aus Laubresten, in einen Eimer Sand gepflanzt, gebastelt hat. Zwischen die Nadeln hat sie Bonbonpapier, Stückchen von Plastiktüten und Aluminiumfolie, die auf der Rinde Falten wirft, gehängt. Das wichtigste Stück in dieser Sammlung Weihnachtsschmuck ist ein Weihnachtsmann, ein Überlebender aus dem Rinnstein der Rue Monsieur le Prince.

Auf einem verkrüppelten Stuhl verspricht ihr ihre volle Einkaufstasche ein Festessen außer der Reihe: Heute abend isst sie zu Hause, es ist Heiligabend. Sie wühlt in einem Haufen Klamotten am Fußende des Bettes, holt ein großes, rotes Stück Stoff heraus, faltet es sorgfältig auseinander, schüttelt es heftig und macht sich eine purpurrote Tischdecke, die sie aufwändig zur Schau stellt. Die Falten fallen auf den Boden und strahlen ein antikes Aussehen aus. Aus einer Tasche holt sie einen ganzen Brotlaib und eine Dose Bohneneintopf mit einem bunten Etikett. Als Nachtisch gibt es einen Karamellpudding aus einem fahlen Plastikbehälter.

Sie setzt sich auf den wackeligen Hocker, steckt die Dose mit dem Eintopf in die Kniehöhle und zieht an der Aluminiumzunge. Der Deckel löst sich, biegt sich und öffnet sich problemlos. Sie nähert sich mit ihren Nasenlöchern den weißen Bohnen, atmet tief ein, riecht mit Genuss den Duft des Gerichtes, taucht ihre Gabel in die harte Masse, inspiziert wachsam die Zutaten und sortiert die winzigen Speckstückchen und die Wurst, die sie auf den Tellerrand legt, um sie bis zum Ende aufzubewahren, heraus. Mit ihrem Löffel kratzt sie auf dem Boden der Dose herum und holt alles, bis zum kleinsten Stück Aspik, aus der Dose. Das Schlemmen kann beginnen. Sie untersucht umsichtig den Haufen Gelatine, der sich vor ihr aufgetürmt hat.

Ein Rascheln an der Tür. Ihr Herz schlägt schneller und gerät in Panik. Das Unabänderliche ist auf den Kopf gestellt. Dupont steht da hinter dem Holz. Sie reißt die Augenlider so weit auf, dass es beinahe schmerzt und versucht, das Halbdunkel zurückzudrängen. Ihre Brust erstarrt, und sie hört auf, zu atmen. Nichts mehr. Sie muss geträumt haben. Trotz des Festessens, das dort fertig vor ihr steht, ist sie plötzlich traurig, und sie ist erstaunt über die Hoffnung, die über den Tod hinaus geht, die sie beim geringsten Anzeichen zum Kentern bringt, und die sie zu verrückten Gedanken zwingt. Erneut hält ein diskretes Reibegeräusch an. Sie dreht langsam ihren Kopf herum und schielt nach dem Schwarz eines jeden Winkels. Über einer Bohle, in der totalen Finsternis der Nacht, starren zwei glimmende Punkte sie dreist und frech glühend an. Erleichtert beginnt sie zu essen. Ein Wohlbefinden breitet sich in großen, anhaltenden Wellen aus und gibt ihr eine wohltuende Wärme. Sie hat Lust, zu lachen und zu weinen. Sie wird heute abend nicht alleine sein.

E la nave va

Die Silhouette verliert ihren Blick in der milchigen, mit Lapislazuli, Jade und Saphir aus dem Kielwasser marmorierten Spur und hält Ausschau nach den fröhlichen Tümmlern, die außerhalb der Gischt begrüßend auf- und abspringen. Ihre Gedanken kreisen weit entfernt und werden von den Zitronen- und Orangenbäumen, welche die schmiedeeisernen Arebesken mit ihrem glänzenden Laub streicheln und Früchte tragen, die zukünftige, süße Genüsse versprechen, eingerahmt.

Unermüdliche Grillen durchbrechen die Stille der Nacht und herrschen sich heftig von der einen Mauer zur anderen an. Zeitweise unterlassen sie ohne deutlichen Grund ihren Lärm, und die Stille weicht dann ihrem Krach, den sie einige Zeit später erst richtig wieder aufnehmen. Ihre Leidenschaftlichkeit ist nur mit der der Grillen zu vergleichen, die sie im schüchternsten Schein des ersten Tageslichtes, das die Smaragde in dem Bogen der Bucht des schwach gewordenen Meeres mit Perlmutter und silberner Moiré glattpoliert, ablösen. Hier stranden Kieselsteine nach ihren verrückten Wanderungen, gewogen von den schmelzflüssigen Malachiten. Am Fuße der abgelegenen Kirche ruhen die Grabsteine der Vorfahren, die letzte Ruhestätte der Kinder des Landes. Die Mauern aus Marmor, milchige Spiegel aus Steinkristall, werfen das Licht dorthin zurück, wo nichts reflektiert wird und alle sich wiedersehen.

Einige runde Dachpfannen werden von den Blättern reifer Orangen in riesigen Bäumen verdeckt. Höllische Kakteen schmücken sich schlängelnde Straßen und dichten die Leitungsmasten mit ihren enormen Handflächen ab. Andere, mit belaubten Zweigen, verlieren sich am Rand der Straße und gruppieren sich in ihrem Rausch in den munteren Gräben, die fröhlich untreue Quellen mit sich mitführen, die sich ohne Schande auf den durstigen Boden werfen. Die Feigenbäume, die ihre Finger weit auseinander spreizen, weisen den Weg und bieten den Passanten ihre mit Almosen gefüllten Börsen.

Während in der Luft Schwalben völlig außer sich jagen und im Zenit Pirouetten drehen, schwirren Libellen in den Windungen der abgekühlten Luft. Blühende Bougainvillea bestürmen die Bedachung, rivalisieren lebhaft mit den indigoblauen Klematis und dem leuchtenden Geißblatt und verbreiten einen weichen Duft in der entstehenden Wärme.

Nach einigen Tagen Heftigkeit hat sich das Meer, gleichzeitig unter Einfluss des Vollmondes und eines Erdbebens, ein wenig beruhigt. Nur die schäumenden Wellen, die mit Getöse die Steine mischen, die im Laufe der Jahrtausende schwerfällig geworden sind, erinnern an den Tumult, den sie in siegerischer Eleganz überstanden haben. Blasse Wasserstrahlen drücken sich gegen das Gestade und bespritzen die Badenden, die auf ihren bunten Decken in der Sonne liegen, mit Regenbogen und Gischt. Einen Augenblick lang verdeckt sprudelnder Schaum den durchdringenden Blicken die Kieselsteine, die sich schamlos mit dem plötzlich unruhigen Wasser vermischen. Alles vereinigt sich in einem verspielten Strudel. Das schmachtende Zischen verstärkt dahinter das heftige Knarren von Kieselsteinen, die die bittere Brandung, die mit ihrem kräftigen Atem gleichgültig das klagende Polieren der aufprallenden Wellen hinunterschlingt, erbarmungslos mitschleift. Die unfehlbaren Wellen wiederholen ihr Manöver dort, wo sich jedoch für das Auge und für das hartnäckige Ohr deutliche Schwankungen herausstellen. Die Fischerboote springen am Ende ihrer Taue auf und ab. Später werden sie von einer sich brechenden Welle versteckt und tauchen dann, triumphierend auf der Spitze eines flüchtigen Gipfels im wütend pfeifenden Wind, wieder auf.

Als Maria am Gestade entlang läuft, fühlt sie die Kraft des Meeres, das zu Stahl, Quecksilber und Silber geworden ist und seine latente Gewalt und Stärke in diesen Vorboten von möglichen Verheerungen zeigt.

Der Motor ist still geworden. Dimitri hat den Anker werfen lassen. Das gedämpfte Knallen eines Champagnerkorkens lässt Maria gleichgültig. Sie gleitet hinab in die bläuliche Transparenz. Neugierige Fische schwimmen plötzlich im Zickzack um sie herum, kommen heran, um sie zu erforschen und um ihre

Zehen mit den gefeilten Nägeln zu küssen. Diese schlanken Unterseebötchen, eins mit leuchtenderen und zarteren Farben als das andere, vereinigen sich fröhlich in einem Ballett, das sie, in ihrer ausgelassenen Dynamik, vor Klarheit sprühen lässt. Sie vollführen lässig Drehungen, um plötzlich verängstigt zu verschwinden und in der Welle mit ihrer Rifflung Streifen zu hinterlassen. Als sie sich von ihrem Schrecken erholt haben, kommen sie zurück, um um die Waden der Badenden zu schwimmen und dabei zu wagen, als Angeber mit gewagten Tauchgängen dazustehen. Maria ist glücklich und beobachtet sie. Sie sind frei. Mit einigen Armvoll Kraft steigt sie zurück zur glitzernden Oberfläche, fasst die Leiter, stellt ihren Fuß auf die erste Sprosse, steigt die Sprossen hinauf und greift das Handtuch, das eine sorgfältige Hand an die Reling gebunden hat.

Abgekühlt legt sie sich in die Sonne, obwohl sie weiß, dass dies ungünstig für ihre Stimme sein wird, genauso wie dieser Müßiggang, dem sie sich seit einigen Monaten ohne Vorwürfe widmet.

Auf ihrer Haut fühlt sie seinen Schatten,
bevor er sie mit seiner Wärme bedeckt. Seine
Hand streichelt ihren Hals, geht tiefer bis zur
ihrer Schulter, und sein Fuß reibt an ihrem
Knöchel. Seine Finger, die sich langsam
bewegen, erhitzen ihre abwartende Haltung.
Indem er nach und nach ihre schmalen Träger
auf ihre Arme gleiten lässt, zieht er sie bis zu
ihrer Taille aus. Seine Lippen verlieren sich
auf ihrem Mund, um dann ihr Ohr zu
erreichen. Er flüstert ihren Namen und
knabbert sanft und ungeduldig an ihr herum.
Sein Streicheln wird genauer, sein Mund
atmet die Blüte ihrer Brüste ein, seine
erfahrenen Hände eilen und reißen den
Badeanzug von ihr. Dann werden sie wieder
sanft und führen in einen Wechsel von Wellen
des Schmerzes und des Genusses, die erst
behutsam bleiben und schließlich gewaltsam
werden. Gewaltige Wogen überwältigen sie
und reißen sie mit in ihrem bebenden Galopp.
Seine seidige Zunge erforscht behutsam ihren
Intimbereich. Entflammt und von
Leidenschaft gepackt, zieht sie ihn kraftvoll
am Kreuz, das sich vor Genuss biegt. Sie
explodiert, als sie ihn in sich spürt. Ihre
Glieder, die miteinander verwickelt sind und
der gleichen Leidenschaft erliegen, wälzen sie

stürmisch in der Dünung des Vergnügens. Überzeugt von ihrer Liebe und erschöpft tauchen sie aus ihrem vagen Rauschzustand auf. Sie rollt sich beruhigt in den Kokon seiner Arme ein.

Wenn sie mit Dimitri zusammen ist, ist sie vor allem Frau. Sie übt nur noch selten ihre Tonleitern. Die Tage vergehen bequem, ohne dass sie zum Vokalisieren ermutigt wird. Heute morgen jedoch hat sie gesungen, weil Dimitri auf sie zählte, um seine Gäste zu unterhalten. Statt ihnen, wie üblich, ein Feuerwerk zu bieten, hat er in dem Dorf Loggos eine große Messe lesen lassen, in der sie die Rolle der Priesterin gespielt hat. Trotz der Unangemessenheit seiner Bitte, hat sie sich unter einer Bedingung darauf eingelassen: Sie wollte, dass sie den Weihnachtstag zu zweit, alleine auf See und fernab, verbringen. E la nave va.

Frohe Weihnachten

Die Augenlider zucken in der stechenden Helligkeit kurz zusammen. Im gleichen Moment zeigt der eingeschaltete Bildschirm ein gezacktes Diagramm mit geräuschvollen Spitzen an. Ein Kopf biegt sich über das blutleere Gesicht. Gepflegte, genaue Hände eilen hin und her. Auf einem Wagen liegen auf einem Handtuch ohne Stickereien und Ausschmückungen stählerne, glitzernde Folterinstrumente. Eine Spritze dringt in eine blasse Ader ein. Ein dumpfes, gerade noch hörbares Stöhnen entweicht den rissigen, bleichen Lippen. Joël kämpft mit allen Kräften, das Licht zu erreichen und der Nacht zu entflüchten.

Er wehrt sich gegen den Ekel, der ihn bei jedem Schluck Wasser überkommt, und der seinen Oberkörper in erstickenden Krämpfen bei der Einnahme jeder Tablette anhebt. Er weigert sich, dem brutalen, erbarmungslosen und uneinnehmbaren Schmerz, der seine

Eingeweide durchschüttelt, zu erliegen. Er ist seinem immer mühsamer werdenden Leiden Meister. Sein Magen verzerrt sich, betont eine heftigeres "Kopf hoch!" und zwingt ihn, hastig zu hecheln. Der bittere Geschmack der teuflischen Tabletten tötet seine Pupillen, beherrscht seine Sinne, seinen Geruchssinn, schreckt ihn ab und greift ihn an. Seine Zähne knirschen, explodieren in seinem dahin schmelzenden Bewusstsein, stoßen gegeneinander und lassen einen unentschlüsselbaren Unsinn in das wirre Gemurmel los, das vom Speichel und vom eingeschränkten Atem klebrig geworden ist. Seine Finger krampfen sich um das Glas Wasser, das er in einem Zug austrinkt. Die Flüssigkeit widert ihn an, löst einen ekel erregenden Schluckauf aus und lässt ihm Tränen in die Augen steigen. Eine abstoßende Klebrigkeit füllt seinen halb geschlossenen Mund, und auf eine beschämende und erniedrigende Art entweicht diese. Entwürdigt und umringt von seinem eigenen Schmutz kommt er zu sich.

Eine weiche Hand tastet ihn ab. Gemurmel dringt zu seinem tränenfeuchten und unklaren Bewusstsein durch. Ein verschwom-menes

Licht filtert die Schatten unter seinen Wimpern.

Jeden Abend die gleichen Umrisse, eingeschnürt in ihre Mäntel, auf den für das Fest erleuchteten Gehwegen. Die gleichen kreidebleichen Gesichter, ohne Lächeln, ohne Worte, ohne Blick. Er begegnet ihnen jeden Tag während seiner einsamen Spaziergänge. Kein "Guten Tag". Er versucht es. Mit einem ansprechenden Gesichtsausdruck nähert er sich ihnen und begrüßt sie. Verstört fixieren sie ihn und weichen ihm aus. Verängstigt flüchten sie. Es verunsichert sie, dass ein Fremder sie anspricht. Manchmal schreit er mitten auf der Straße. Verlegen wenden sie den Blick ab und schauen ihn lieber nicht an. Auf jeden Fall tun sie so. Er kennt sie. Er mag sie gerne. Sie sind es. Sie bleiben auf den Pfaden der unerhörten Bedauerungen und des verdorbenenVerlangens stehen und wollen nichts von ihm wissen. Er schaut sie an. Schaut sich an. Wo liegt der Unterschied? Er bleibt verständnislos. Sauberer gekleidet. Frisch rasiert. Gepflegt. Sie meiden die hingehaltene Hand.

Eine Handfläche taucht auf seiner Stirn auf und schiebt die klebrigen Strähnen zur Seite. Die Berührung der kühlen Finger verschafft ihm Wohlbehagen. Er blinzelt, schüttelt den Kopf und verdrängt den Schock, den Moment der Wahrheit. Man spricht deutlich zu ihm und lädt ihn ein, etwas zu trinken.

Trinken kann er nicht. Noch nie hat er Freundschaften, die an Theken geschlossen werden, und den Alkohol, der zwischen den Stammkunden ein Geselligkeitskomplott knüpft, das beim Wiedersehen auf der Straße verschwindet, gemocht. Niemals geht er in Kneipen, erträgt er das lärmende Gelächter, die schreiende Musik, die freundlichen oder gemeinen Ober, die anzüglichen Witze, den Rauch und die Dreierwetten. Ritualische Aperitife und Weißwein sind ihm fremd, genauso wie Spötteleien auf dem Markt, zu dem er nie geht. Diese Leute, die unangemessene Dinge über die Reihen der Marktstände hinwegbrüllen, beängstigen ihn. Er gerät in Panik bei dem Gedanken, dass eines der Wörter seinen Kurs verfehlen und seinen Kopf treffen könnte. Da gibt es gelbe, die ungeniert pfeifen, rote, die brummen, schwarze, die schimpfen, grüne, die auf den

Pfählen hüpfen und sich auf den Böcken drängen, und weiße, die auf einem Atemzug tanzen, aber er hat eine Vorliebe für die blauen, die sich in Spiralen drängen und die Luftwindungen in der frischen Morgenluft zum Klären bringen. An keinem anderen Ort werden Worte zu so einem verwüsteten Spektakel.

Sein Nacken wird etwas angehoben und seine Kissen zurechtgerückt. Er wollte wieder einschlafen, man soll ihn in Ruhe lassen. Man gibt ihm ein Ding in seine Hand, und er drückt auf die Knöpfe auf dem Gehäuse.

Durch den Schlamm, der vom Pappschnee ganz schmutzig ist, laufen Hunderte von Menschen, vor allem Frauen und Kinder. Unter unförmigen Lasten schreiten sie schwerfällig vorwärts, Schritt für Schritt, in der Stille einer langen, unendlichen Schlange. Sie patschen durch den Matsch, marschieren über den dunklen Weg und eilen in Richtung eines noch jämmerlicheren Morastes als der, aus dem sie gerade kommen. Friedensoffiziere, geschützt in Panzern, ragen in die Kolonne von Flüchtlingen hinein, beobachten sie und richten die Öffnungen

ihrer Gewehre auf sie. Auf der makellosen
Spitze des benachbarten Hügels taucht ein
geflügeltes Monster auf und speit Feuerblitze.
Das Knattern seines Fluges erklingt in einem
Stakkato des Entsetzens im Tal. Tote fallen.
Schreien, Weinen und Flehen erheben sich in
Richtung des Stahldrachens. Dieser stellt sich
taub und knattert gen Himmel.
Maschinengewehre treten in Aktion und
treiben mit ihrem Drohen und ihren Kugeln
die zerstreuen Geschöpfe zusammen. Der
Aufmarsch setzt sich in Gang und sammelt
seine Toten und Verletzten ein. Im Schnee
zeugen trunkene Sterne von seinem
Durchzug.

Joël versteckt sein Gesicht unter seinem
angewinkelten Ellbogen. Erschöpft, rebellisch
und nervös fährt er auf. Die Erschütterung
zerreißt ihn. Man biegt seinen Ellbogen
auseinander. Überredet öffnet er die Augen.
Ein Engel, der ganz in weiß gekleidet ist,
lächelt ihn an.
"Frohe Weihnachten."
"Frohe Weihnachten.", antwortet er
automatisch. Leise, ganz leise, weint er wie
ein kleines Kind.

Der erste Weihnachtstag

Ungläubig erblicke ich die bleichen Teller. In ihrer Mitte plustern sich kahle Tomaten auf. Stutzig wie ich bin, konzentriert sich mein Blick völlig auf sie, starke Anmaßungen mit Goldrändern auf dem opalartigen Porzellan. Abwesend schüttele ich Hände, und Namen, die ich den freundlichen Gesichtern nicht zuordnen kann, wirbeln um mich herum. Meine erste Bekanntschaft mit der Familie meines Mannes, die sich vollständig um den an beiden Enden mit düsteren, ziegelrot beblätterten, sternförmigen Miniaturpflanzen dekorierten Tisch versammelt hat, fällt mit dem Weihnachtsessen zusammen. Wir haben gar keine Verspätung, aber dennoch drehen sich die Gesichter bei unserer Ankunft zu uns; sie scheinen unter ihrem aufgesetzten Lächeln empört und voller nicht ausgesprochener Vorwürfe. Offen-sichtlich hätten wir früher kommen sollen, zur Einnahme der unvermeidlichen Tasse Kaffe, die in den

Niederlanden den Aperitif ersetzt, aber wir haben es vorgezogen, diese anstrengende Einleitung zu über-schlagen! Meine Schwiegermutter drängt mich, schnell zwischen einer großen Frau mit dichten, blonden Haaren, die auf ihre Schultern fallen, und meinem Schwiegervater, der den Ehrenplatz einnimmt, Platz zu nehmen. Mein Mann sitzt mir gegenüber. Eines der Mädchen des Hauses hilft der Mutter und bringt einige Silberplatten, deren Deckel mir die Sicht auf den Inhalt versperren.

Durch die Glastüren des Wohnzim-mers hindurch verkündet der beleuchtete Tannenbaum, dass es Weihnachten ist. Morgen wird es das immer noch sein, angesichts der Tatsache, dass zwei Tage lang Weihnachten ist, von denen der erste der Familie und der zweite den Freunden gewidmet ist. Kein einziger Brauch hingegen gedenkt der Geburt Christi oder des Herannahens von Silvester.

Chris fällt die Aufgabe zu, die Getränke zu servieren. Da er mit einer Französin verheiratet ist, ist er verpflichtet, der Experte zu sein. Die Tatsache, dass es sich um einen

Riesling handelt, fügt dem Ansehen nur noch mehr Glanz hinzu! Ich kann die zerbrechliche Nacktheit der Tomaten nicht mehr aus den Augen lassen. Jeder gibt sein Wissen über die verschiedenen französischen Weine von sich. Aus Höflichkeit mir gegenüber vollzieht sich die Diskussion über ihre jeweiligen Eigenschaften auf Französisch. Ich mag es, wenn Niederländer meine Sprache sprechen. Wohlüberlegt, taktvoll nach den richtigen Wörtern suchend und mit Hilfe ihres angeborenen Sprachvermögens kons-truieren sie semantisch korrekte Sätze, deren syntaktische Fehlerlosigkeit mich entzückt. Alles, was sie sagen, hat überhaupt keine Bedeutung, aber die Art und Weise, wie sie sich ausdrücken, mit einem heiteren, manipulierenden Zusammenhang, hat meine ganze Bewunderung.

Entsetzt beobachte ich, wie mein Schwiegervater sich einen Zuckerstreuer schnappt und damit großzügig seine Tomate pudert, gefolgt von den anderen Gästen. Ich suche verzweifelt den Salzstreuer, der noch nicht zwischen Silber, Porzellan und Kristall aufgetaucht ist. Zu meiner größten Verzweiflung bemerke ich die Abtrünnigkeit meines Ehemannes, der sich, normalerweise ganz begeistert von französischen Gerichten, von seinen Eltern inspirieren lässt, die Frucht der Azteken kleinhackt und sie, wie eine köstliche Süßspeise, genüsslich mit einem kleinen Löffel isst. Niemand schenkt meinem Teller Aufmerksamkeit, ich esse die Frucht des Nachtschattengewächses ohne alles und verfluche dabei die Ignoranten der Vinaigrette. Die Haushaltshilfe ist nicht anwesend, also spielt die jüngste Schwester die Bedienung; sie wechselt das Besteck aus und sammelt das blutende Porzellan ein.

"Dir zu Ehren essen heute à la française. Deswegen essen wir vor der Suppe eine Vorspeise."
Ich bleibe sprachlos und ohne Widerrede. In einer blassen, faden Flüssigkeit vermute ich, ohne wirklich etwas zu schmecken, die Brühe von Spargel à la hollandaise, die luxuriös in silbernen Soßenschüsseln aufgetischt wird.

Direkt aus der Küche wird, auf einem einzigen Teller, eine Scheibe gegrillter Schweinebraten, benachbart von Bratkartoffeln, Rosenkohl und Kompott, hereingebracht. Ich höre vergnügt zu, wie meine angeheiratete Familie sich über Rezepte berät. Der Niederländer ist auf seine Art ein Feinschmecker, obwohl ich persönlich finde, dass seine Speisen im Allgemeinen zwischen der Konsistenz von Babynahrung aus dem Glas und der von Hundefutter schwanken. Meine Meinung wird noch mehr von diesem Festessen gestärkt, bei dem die Gäste rücksichtslos ihr Gemüse mit der Gabel zerdrücken und es gewissenhaft mit den zu Püree reduzierten Kartoffeln und dem in feine Stücke geschnittenes Fleisch mischen. Dies alles verwandeln sie in eine sämige Panade, begießen sie mit einer fetten Soße, deren Schüsseln bis an den Rand gefüllt sind, und krönen sie schließlich mit einer Zubereitung aus Rohkost mit Mayonnaise.

Mein Schwiegervater, ein herausragender Universitätsprofessor, unterstützt die Unterhaltung über kulinarische Kunst, schwankt aber zwischen der Sorge, mich nicht völlig anzuwidern und seinen persönlichen Vorlieben. Er verstößt deutlich gegen seine gewohnte Handlungsweise. Sein Fleisch bleibt neben dem Püree aus Rosenkohl und Bratkartoffeln unversehrt. Er begibt sich in eine detaillierte Beschreibung besonderer

Speisen, zu denen er im Laufe seiner
unzähligen Reisen eingeladen worden ist. Auf
Kohlen gegrillte Schlange aus der Sahara,
Affenaugensuppe aus Malaisien, pochierte
Ziegenbockeier aus der Wüste von Gobi,
gegrillte Heuschrecken aus Tansania, er ist
unersättlich. Ich kaue geistesabwesend und
höre ihm zu. Sein Französisch ist perfekt,
seine Aussprache elegant und seine Wortwahl
genau. Er redet mit einer amüsanten
Geschwätzigkeit, mischt seine persönliche
Sicht mit zweifellos stimmenden Fakten,
bereitet geistige Geschichten vor und
bezaubert damit seine Zuhörer. Er unterwirft
sich allen Bräuchen, um seine Gäste nicht zu
beleidigen. Die Moral durchdringt, kaum
verborgen, durch die Verzauberung seiner
Worte. Ich möchte mich gerne fügen, aber
meine Geschmackspapillen rebellieren gegen
das Durcheinander auf den Tellern.

Ich sammle meine Gedanken. Der in einem
unförmigen, farblosen Matsch gekochte, vom
unerlässlichen Schuss Essig übersäuerte und
mit Blutwurstscheiben, die so groß wie die
von Mortadella sind, verzierte Rotkohl, der
feingehackte und mit Püree gemischte
Eskariol, das zermatschte Sauerkraut mit

gekochten Kartoffeln und die Margarine, die auf viereckigem, schlaffem Brot ohne Kruste die Butter ersetzt, gehören ebenfalls zu einem spektakulären Exotismus, nur zwei Schritte von ihm entfernt, aber aus der Nähe unsichtbar. Genau wie dieses Essen, das brutal, ohne Käse und ohne Dessert auf einer unbeschmutzten, jungfräulichen Tischdecke ohne orgiastische Spur und völlig leblos beendet wird.

X Mas

Das Geschrei der Straße hallt um sie herum
wider, ohne sie zu erreichen. Langsam gelangt
das gedämpfte Surren der Limousine bis zu
ihr. Die getönten Gläser schützen sie vor
neugierigen Blicken, ohne ihr Übelkeit zu
verursachen. Am Flughafen herrschten sich
die Beschäftigten fröhlich an. Jeder Reisende
hatte Recht auf das übliche "Merry Christ-
mas", das zusätzlich zum offiziellen Stempel
im Reisepass ausgegeben wurde. Beim
Ausgang aus dem Zollbereich verriet ihr der
riesige Weihnachtsbaum, dass es
Weihnachten war. Das vertraute Schauspiel
der unbekannten Passanten lenkte sie von
ihrer Ungeduld ab. Noch einige Minuten, und
sie würde in Manhatten sein.

Der Schnee hat den Park erobert, wo die
kahlen Baumstämme weit ihren Blick richten.
Der Hudson River blitzt und fließt geduldig
am Ufer vorbei, das sich aus dem Eis abhebt.

Zu dieser Zeit am Morgen beherbergen seine jungfräulichen Seiten, die frei von jeder Spur sind, nur die Skelette des Winters. Bunte Häher flattern in den Zweigen und beflecken den weißen Teppich, der sich zu ihren Füßen angehäuft hat, azurblau und rostbraun.

Er zündet die Kerzen an, stellt einen Kerzenständer an eine andere Stelle und zögert bei der Kaffeekanne. In zwei oder drei Minuten wird sie ankommen.

Sie fahren über die Brooklyn Bridge. Der Fahrer steuert das schwere Fahrzeug mit Geschick durch den Verkehr. Er kennt ihre Angewohnheit, an der City Hall, der Bleecker Street, Greenwich und Chelsea vorbeizufahren, um West Side zu erreichen. Er hat Respekt für ihre Art, wieder Kontakt mit der Stadt aufzunehmen und die Rückkehr und das Wiedersehen ruhig zu genießen. Früher fuhr sie gerne am Broadway und der 5th Avenue entlang und durch den Park, aber sie haben eine neue Route gewählt, um unangenehme Erinnerungen an ihre schreckliche Erfahrung zu vermeiden.

Sie kommt nicht umhin, nach der Seite mit den Sträuchern zu schielen, die jedoch unsichtbar bleibt. Die Angst lässt sie ins Lederpolster versinken und schließt sie in eine düstere Benommenheit. Ihr Herzklopfen hindert sie am Atmen. Sie unterwirft sich dem Aufwallen des Blutes, das ihre Ohren rötet, und mit zugedrückten Nasenlöchern erduldet sie diese Hand, die sie zwingt, ihr verkrampftes Gebiss zu lockern, diesen anderen, der ihren Pullover zerreißt, während ein Knie erbarmungslos ihren Rücken auf den Boden drückt. Hilflos atmet sie und mischt ihren Nasenschleim mit Tränen der Enttäuschung, der Verbitterung und des Schreckens. Sie schreit unter der Hand, die sie knebelt, sie schreit unter der Faust, die auf ihre Schläfen hämmert, sie schreit unter den Fingernägeln, die ihre Brüste zerkratzen. Die Auswirkung der vulgären Beschimpfungen verletzen sie mehr als die Schläge. Die warme und klebrige Flüssigkeit beschmutzt den Hals und die Lippen. Verzerrt vor Schmerz und Scham läuft sie aus dem Gestrüpp; ihre Arme klemmen an ihrem Körper.

Instinktmäßig wirft sie ihrem Umhang wieder um sich. Der Schnee auf den Gehwegen ist unversehrt.

In einer Wohnung am Riverside Drive bricht ein riesiger Weihnachtsbaum fast unter den Kugeln zusammen. Das kräftige Grün ist mit Rot und Blau übersät und wird von goldenen und silbernen Girlanden in Strahlen gehüllt. Bunte Lampen blinken von Zeit zu Zeit und werden von weißen, großzügig angebrachten Sternen abgelöst. Am Stamm überwacht ein Schneemann eine Zusammenstellung von in funkelndes Papier eingeschlagenen Paketen. Einige zeigen sorgfältig gebügelte Schleifen, andere Rosetten, die so groß sind wie auf Vorzüge abgestimmte Kohlköpfe. Fröhliche, mit Brillanten gesäumte Borden, umgeben die kleinsten.

Er inspiziert den Berg Geschenke ein letztes Mal. Er ist begierig, ihre Rückkehr zu feiern, und alle ihre Freunde sind gekommen, um ihr Willkommensgeschenke zu bringen. Sie kommt von einer langen Reise zurück. Er erwartet sie.

Sie kämpft gegen das morastige Delta ihrer grauenhaften Erinnerungen an, ihre Gedanken werden von quälenden, rebellischen Erinnerungen ausgedehnt, und sie zittert in der behaglichen Wärme. Die Stille ist unwiderruflich und hoffnungslos. Es wird niemals mehr Weihnachten sein.

Inhalt

Imprimé par CreateSpace
Dépôt légal novembre 2015